柑橘与柠檬啊

· 青少版 ·

[英] 迈克尔·莫波格 著　刘勇军 译

中信出版集团｜北京

图书在版编目（CIP）数据

柑橘与柠檬啊：青少版 /（英）迈克尔·莫波格著；
刘勇军译 . -- 北京：中信出版社，2023.3（2023.6 重印）
书名原文：Private Peaceful
ISBN 978-7-5217-5300-4

Ⅰ.①柑… Ⅱ.①迈…②刘… Ⅲ.①儿童小说 - 长篇小说 - 英国 - 现代 Ⅳ.① I561.84

中国国家版本馆 CIP 数据核字（2023）第 011438 号

Private Peaceful by Michael Morpurgo
Copyright © Michael Morpurgo, 2003
Simplified Chinese translation copyright © 2023 by CITIC Press Corporation
ALL RIGHTS RESERVED

本书仅限中国大陆地区发行销售

柑橘与柠檬啊（青少版）

著　　者：[英] 迈克尔·莫波格
译　　者：刘勇军
出版发行：中信出版集团股份有限公司
　　　　　（北京市朝阳区东三环北路27号嘉铭中心 邮编 100020）
承　　印者：北京顶佳世纪印刷有限公司

开　　本：880mm×1230mm　1/32　　印　张：5.5　　字　数：100千字
版　　次：2023年3月第1版　　　　　　印　次：2023年6月第4次印刷
京权图字：01-2023-0191
书　　号：ISBN 978-7-5217-5300-4
定　　价：35.00元

出　　品：中信儿童书店
图书策划：如果童书
策划编辑：孙婧媛　　　责任编辑：刘莲　　　营　销：中信童书营销中心
封面设计：姜婷　　　　插　　图：脆哩哩　　内文排版：李艳芝

版权所有·侵权必究
如有印刷、装订问题，本公司负责调换。
服务热线：400-600-8099
投稿邮箱：author@citicpub.com

谨以此书献给玛丽·尼文

在此向伊珀尔市
佛兰德战场博物馆的
皮特·切伦斯致谢

尽管本书书名（*Private Peaceful*）的灵感源自伊珀尔市一块墓碑上的名字，但这部小说是一部虚构作品。提及任何真实人物（在世或已故）、真实地点和历史事件，其目的仅限于为小说设置适当的文化和历史背景。书中涉及的所有其他姓名、人物、地点和事件均为作者想象，若与真实人物（在世或已故）有所雷同，则纯属巧合。

目录

十点零五分 / 1

十点四十分 / 12

临近十一点一刻 / 27

十一点五十分 / 37

零点二十四分 / 50

临近零点五十五分 / 64

一点二十八分 / 73

两点十四分 / 89

三点零一分 / 102

三点二十五分 / 118

临近四点 / 132

四点五十五分 / 149

五点五十九分 / 164

后记 / 166

十点零五分

他们都走了，总算只剩下我一个人了。我还有一整晚的时间，这一整晚我一分一秒都不会浪费。我不会让这时光在睡眠中白白浪费，也不会让这时光在梦中虚度。绝不可以，因为这个晚上的每一刻都无比珍贵。

我要尽力回忆每一件事，忆起当时的真实情形——与发生时没有丝毫的出入。对十八年来经历过的每一个日日夜夜，我必须在今晚尽可能多地回想起来。但愿今晚是个漫长的夜晚，和我的人生一样长，不会有转瞬即逝的浮梦催促我奔向黎明。

今晚，我比这一生中的任何一个夜晚都更希望感知到自己还活着。

查理知道我不情愿，便牵着我的手，带我往前走。这是我第一次穿硬领衬衫，连呼吸都不畅快了。我脚上的靴子怪怪的，

非常重。我的心情也很沉重，毕竟我要去的地方太可怕了。查理常常给我讲那个叫学校的地方有多差劲，讲芒宁斯先生和他的火暴脾气，以及他办公桌上方的墙上挂着的长教鞭。

大个儿乔就不必去上学，要我说，这太不公平了。他比我大好几岁呢，甚至比查理都大，可他连一天学都没上过。他留在家里，和妈妈待在一起，他总是骑在树上一边大笑，一边唱《柑橘与柠檬啊》①。大个儿乔总是很开心，总是笑个不停。要是我也能像他那样快活就好了。我真想和他一样待在家里。我不想和查理出门，我不想上学。

我回头看了看，盼着能出现转机，妈妈会追上来带我回家。可惜她没来，她是不会来的。我每走一步，学校、芒宁斯先生和他的教鞭就离我更近了一点。

"要不要我背你？"查理说。他看到眼泪在我的眼里打转儿，便知道是怎么回事了。查理向来很了解我。他比我大三岁，什么都做过，什么都知道。他的身体很结实，背起人来不在话下。于是我跳到他的背上，紧紧地搂着他，闭着眼睛哭，忍着不让自己哭出声。但我就算强忍呜咽，也撑不了多久，毕竟我很清楚，今天早晨才不像妈妈说的那样又新鲜又令人兴奋，是个新的开始，应该说，我刚刚开始的人生在今天走向了终结。

---

① 《柑橘与柠檬啊》（*Oranges and Lemons*）是一首古老的英国童谣，旋律轻柔舒缓。——编者注

我紧紧搂着查理的脖子，很清楚自己无忧无虑的时光一去不复返了，等下午回到家，我将不再是原来的我了。

我睁开眼，看见一只死乌鸦挂在篱笆上，嘴巴大张着。它遭遇射杀的时候，是不是正在唱歌？它那沙哑的曲子是不是才刚刚唱响？乌鸦来回晃动着，虽然已经死透，羽毛却仍在随风摆动。而它的家人和朋友落在我们上方高大的榆树上，发出悲伤和愤怒的鸣叫声。我并不为它难过。可能就是它赶走了我的知更鸟，还毁掉了巢里的蛋。那些蛋是我的，有五个呢，我抚摸过它们，温暖的蛋壳里包裹着鲜活的生命。我记得我把它们一个个地拿出来，放在手心里。我原想把它们放进锡罐，然后学着查理的样子朝它们吹气，再把它们和我的画眉蛋、鸽子蛋一起放在棉絮上。我本来是要把它们拿走的。但后来发生了一件事，我退缩了，犹豫着没有动手。下蛋的知更鸟从爸爸的玫瑰花丛间望着我，乌黑明亮的小圆眼睛一眨不眨，像是在哀求。

爸爸就在那只鸟的眼里。在玫瑰花丛下潮湿多虫的泥土里，深埋着他所有珍贵的物品。妈妈先把爸爸的烟斗放了下去。然后，查理将爸爸那双钉靴卷起来，并排放了下去。大个儿乔跪下，把爸爸的旧围巾盖在了靴子上。

"该你了，小托。"妈妈说。但我无法强迫自己这么做。我拿的是他去世那天早上戴的手套。我记得我当时捡起了其中一只。我知道他们不知道的事，却永远不能对他们据实以告。

最后还是妈妈帮了我。她把爸爸的手套放在围巾上，手掌一面朝上，两个拇指贴在一起。我感觉到那双手希望我别那么做，希望我重新思考，别拿走鸟蛋，别抢夺不属于我的东西。所以我没有把鸟蛋据为己有。我只是看着从蛋里孵出小鸟，看着细瘦的鸟腿破壳而出，看着到了喂食时间，鸟巢里的幼鸟张大嘴巴，叽叽喳喳地乱叫，祈求得到食物。那天清晨，我透过卧室的窗户亲眼见证了屠杀，却来不及阻止。和我一样，知更鸟父母悲痛欲绝，却束手无策，只能在一旁看着那些攫食的乌鸦大肆杀戮，然后鸣叫着飞向天空。我不喜欢乌鸦，从来都不喜欢。那只吊在篱笆上的乌鸦是罪有应得。我就是这么想的。

去村子有一段上坡路，查理走得很吃力。我能看到教堂钟楼，它下面就是学校的屋顶。我吓得口干舌燥，把查理的脖子搂得更紧了。

"第一天最糟糕了，小托。"查理喘着粗气说，"老实说，其实也没什么大不了的。"每次查理用到"老实说"这几个字，我就知道事情其实不像他说的那么简单。"反正有我在。"

这话我倒是深信不疑，因为他一直都很照顾我。这一次也不例外。他放我下来，陪我走过嬉笑喧闹的操场，他的手搭在我的肩上，安慰我，也保护着我。

上课铃响了，我们静静地排成两排，每排大约有二十个学生。我认出其中一些是我在主日学校的同学。我环顾四周，发

现查理已经不在我身边了。他在另一队。他朝我眨眨眼,我也朝他眨了眨眼。他大笑起来。我并不擅长只眨一只眼睛,当然只是暂时不会而已。查理一直觉得我眨眼很有趣。这时,我看到芒宁斯先生站在教学楼的台阶上,他把指关节掰得咔咔响,校园里顿时安静了下来。他脸颊上长着浓密的胡子,马甲下面的肚子很大,手里握着一块打开的金怀表。最恐怖的莫过于他那双眼睛了,而我知道,那双眼睛正在搜寻我。

"啊哈!"他指着我喊道,大伙儿纷纷扭头看我,"来了一个新生,这个新生也要接受我的考验与磨炼了。难道一个皮斯弗家的孩子还不够?我做错了什么,现在竟多了一个?先是查理·皮斯弗,又来了一个托马斯·皮斯弗。我就得没完没了地受折磨吗?听好了,托马斯·皮斯弗,在这一亩三分地儿上,我就是你的主人。我说什么你就做什么。不许作弊,不许撒谎,也不许口吐污言秽语。不可以光着脚来上学。双手必须干干净净。这几条都是我立的规矩。听明白了吗?"

"听明白了,先生。"我低声说,很惊讶自己居然还说得出话。

我们把手背在身后,从他身边走过。两队人走向不同的方向,我看见查理朝我微微一笑。"小屁孩"们走进了我的教室,"大个子"们则进了他的教室。我是"小屁孩"里个头最矮的。大多数"大个子"都比查理高大,有些都十四岁了。我望着查

理，直到他们的教室门关闭。此刻，我才体会到什么是真正的孤独。

我的鞋带松了。我不会系鞋带。查理倒是会，可惜他不在。我听到芒宁斯先生在隔壁点名，他的声音如雷鸣一般，这让我不由得庆幸我们的老师是麦卡利斯特小姐。她的口音的确有点怪，但至少她脸上有笑容，至少她不是芒宁斯先生。

"托马斯，"她告诉我，"你坐在那里，挨着莫莉。还有，你的鞋带松了。"

我去座位坐下，感觉大伙儿似乎都在嘲笑我。我真恨不得拔腿就逃，可我不敢这么做。我能做的，就是吧嗒吧嗒地掉眼泪。我连忙低下头，不让别人看到我哭了。

"你知道，哭是没用的，不能帮你把鞋带系上。"麦卡利斯特小姐说。

"我不会系，小姐。"我告诉她。

"在我的班上，就没有'不会'这两个字，托马斯·皮斯弗。"她说道，"我们会教你怎么系鞋带。这就是我们都在这里的原因，托马斯，是为了学习。来上学不就是为了这个吗，对不对？莫莉，你来教教他。莫莉是班上年纪最大的女孩子，也是我最好的学生。她会帮你的。"

就这样，在她点名的时候，莫莉跪在我面前，给我系上了鞋带。她系鞋带的方式和查理很不一样，她的动作很轻，也很

慢，打了一个大大的双环结。系鞋带的时候，她并没有抬头看我，一次都没有，我倒希望她能看看我。她有一头栗褐色的头发，很有光泽，和爸爸的老马"比利小子"的毛色一样。我真想伸手摸摸。最后，她总算抬起头朝我笑了笑。这就是我所需要的。突然我不再想跑回家了。我想和莫莉待在这里。我知道我有了一个朋友。

到了课间游戏时间，在操场上，我很想过去找她说说话，可她身边总是围着一群咯咯笑的女孩子，我没法实施我的行动。她们一个劲儿地回头瞧我，还边看边笑。我去找查理，却发现他正和朋友们玩康克①，他那些朋友全是他们"大个子"班的。我只好走到一个老木桩那儿坐下。我解开鞋带，一面回忆着莫莉是怎么系的，一面试着重系。我一连试了好几次。只过了一会儿，我就发现自己学会了。我打的结不算整齐，还有些松松垮垮，可我毕竟会了。最妙的是，莫莉在操场另一边看到我学会了系鞋带，冲着我笑了笑。

除非去教堂，否则我们在家里是不穿靴子的。妈妈当然不穿，爸爸那双大钉靴却总是不离脚，他死时穿的就是那双靴子。那棵树倒下来的时候，我和他一起在树林里，只有我们两个在场。在我入学前，他常常带我去他上工的地方，他说，这样我

---

① 英国一种使用七叶树果实互相击打的传统游戏。——译者注

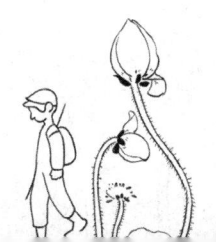

就不能调皮捣蛋了。我和他一块坐在比利小子身上,从后面抱住他的腰,脸贴着他的背。比利小子狂奔起来,那感觉妙极了。那天早上我们一路策马飞驰上山,来到了福特林场。他把我抱下马时,我还在咯咯地笑个不停。

"去吧,淘气鬼。去玩吧。"他说。

不用他吩咐,我也会玩个够。那里有很多獾洞和狐狸洞可看,有鹿的脚印可以追踪,还能摘花或追蝴蝶。但那天早上我发现了一只老鼠,还是只死老鼠。于是我把它埋在了一堆树叶下面,还用树枝给它做了个十字架。爸爸在附近有节奏地砍树,像往常一样,每砍一下,他都要咕哝一声。起初爸爸的咕哝声听起来有点大。反正我当时就是这么以为的。但奇怪的是,那声音似乎并不是从他所在的地方传来的,源头在高高的树枝上。

我抬起头,只见边上的那棵大树不停地晃动着,而其他树都好端端地立着,纹丝不动。这棵树咔嚓咔嚓响,而其他树则无声无息。过了一会儿,我才明白过来,树要倒了,还会向我的方向倒,把我砸死,而我发现我什么都做不了。我瞪着眼站在那里,呆呆地看着树慢慢地往下倒,双腿发僵,根本动弹不得。

我听见爸爸大喊:"小托!小托!快跑,小托!"但我做不到。我看见爸爸穿过树林向我跑来,他的衬衫抖动着。我感觉到他把我抓住,一下子把我扔到了一边,就像扔麦捆一样。

有轰鸣声在我耳边响起,接着一切都归于平静。

我醒过来,立即看到了爸爸,看到了他靴底上的旧鞋钉。我爬到他躺着的地方,大树枝叶繁茂的树冠将他死死压在地上。他是仰面躺着的,脸歪向另一边,好像不想让我看到。他的一只胳膊伸向我这边,那只手的手套掉了,手指指着我。有血从他的鼻子里流出来,滴在树叶上。他的眼睛睁着,但我马上就知道他并没有看见我。他没有呼吸了。我大声喊他,用力摇晃他,他却没有醒过来。我捡起那只掉了的手套。

教堂里,我、妈妈、大个儿乔和查理并排坐在第一排。我们这辈子从没坐过第一排,通常都是上校一家人坐在那里。棺材搁在支架上,爸爸身着盛装躺在里面。有只燕子在我们的头顶上方盘旋,祷告时如此,唱赞美诗时亦如此,它从一扇窗户飞到另一扇窗户,从钟楼飞到圣坛,希望能找到出路。我很肯定,燕子是爸爸的化身,是他想要逃出去。我之所以知道,是因为他不止一次告诉过我们,下辈子他想成为一只鸟,这样他就可以自由地飞往任何他想去的地方。

大个儿乔一直指着那只燕子。突然,他站起来,走到教堂后面,打开了门。回来后,他大声地向妈妈解释了他做了什么。戴着黑色软帽的"狼外婆"坐在我们旁边,她面露不悦之色瞪眼看着大个儿乔,看着我们所有人。我突然明白了一件事:她

认为有我们这样的亲戚是她的耻辱。至于个中原因，我也是长大了一些之后才悟出来的。

燕子落在棺材上方的一根椽子上。过了一会儿，它飞了起来，在过道上方上下翻飞，最后发现了敞开的大门，飞了出去。于是我知道爸爸在来世会过得非常幸福。大个儿乔嘎嘎大笑，妈妈握住了他的一只手。查理看了我一眼。那一刻，我们四个人心里的想法都是一样的。

上校起身到圣坛讲话，他的手抓着夹克的翻领。他说，詹姆斯·皮斯弗是个好人，是他所知道的最好的工人之一，堪称社会中坚，在工作中总是乐呵呵的。他还说，虽然所做的工作有所不同，但皮斯弗一家五代人都受雇于他的家族。詹姆斯·皮斯弗在他的庄园里当了三十年的护林人，从来没有迟到过一次，为全家和全村都争了光。我听着上校单调乏味的讲话，心里想的却是，爸爸生前说起他并不是很客气，总叫他"愚蠢的老顽固""痴傻的老疯子"。而妈妈总是告诉我们，他或许是"愚蠢的老顽固""痴傻的老疯子"，但爸爸的薪水是上校发的，我们一家栖身的房子也属于上校，她要我们几个孩子见到他时谦恭有礼，面带微笑，以手碰额发行礼。她还说，但凡我们知道什么对我们有利，就该表现出发自真心的敬意。

这之后，我们都聚到墓穴周围，棺材降了下去，牧师一直在祷告。在大地将爸爸掩埋、他往后只能身处一片死寂之前，

我希望他能最后一次听听鸟鸣。爸爸喜欢云雀，喜欢看它们振翅起飞，飞得高高的，直到再也看不到它们的身影，只有叫声还依稀可闻。我仰望天空，盼着有云雀飞过，却看到一只乌鸫在紫杉树上歌唱。乌鸫就乌鸫吧，总比没有强……我听见妈妈低声对大个儿乔说，爸爸现在不在棺材里了，他去了天堂。说着，她还指指教堂钟楼上方的天空。她说，他现在很幸福，像鸟儿一样幸福。

　　我们缓步离开，留下爸爸一个人。泥土砰砰地落在我们身后的棺材上。我们一起穿过幽深的小道向家中走去，大个儿乔摘了毛地黄和忍冬花塞进妈妈手里，我们没人掉眼泪，也没人说话，尤其是我。我心里藏着一个可怕的秘密，决不能告诉任何人，哪怕是查理。那天早晨爸爸本不该死在福特林场。他是为了救我。要是我当时试着自救，要是我跑开了，他就不会死，就不会躺在棺材里了。妈妈抚摸着我的头发，大个儿乔又给了她一束毛地黄，而我能想到的就是，我才是这一切的罪魁祸首。

　　是我杀了自己的爸爸。

十点四十分

我不想吃东西，炖菜、土豆和饼干，通通吃不下。我平时很喜欢炖菜，现在却没了胃口。我小口咬着一块饼干，可完全吃不下去。反正现在不想吃。幸好狼外婆不在，她向来讨厌我们的盘子里剩下食物。"勤俭节约，吃穿不缺"是她的口头禅。狼外婆，不管你喜不喜欢，我现在都要剩下食物。

大个儿乔吃的比我们所有人加起来都多。葡萄干面包黄油布丁、土豆饼、奶酪、腌菜、炖菜和饺子，就没有他不喜欢吃的。不管妈妈做什么，他总是大口小口吃得不亦乐乎。我和查理要是有不喜欢吃的，就趁妈妈不注意，倒在他的盘子里。这样的"合谋"正对大个儿乔的心思，对他来说，食物多多益善。他什么都吃。在我们还小并不懂事的时候，有一次查理跟我打赌，说大个儿乔甚至会吃兔子的粪便，他赢了我就把我找到的

猫头鹰头骨给他。我觉得大个儿乔肯定知道兔子粪是什么，一定不会吃。于是我答应打赌。查理将一把兔子粪装在纸袋里，告诉大个儿乔是糖果。大个儿乔从袋子里拿出粪便扔进嘴里，细细品尝。我们见了，哈哈大笑起来，他也跟着笑，还给我们每人一个。但查理说这是特别为他准备的礼物。我还以为大个儿乔会吃坏肚子，不过他一直好好的。

后来，我们长大了一些，妈妈告诉我们，大个儿乔出生几天后差点没命。在医院里，他们告诉她，大个儿乔得的是脑膜炎。医生说大个儿乔的大脑受了损伤，就算能活下来，也是个废人。但大个儿乔活了下来，虽然没能彻底康复，却也有所好转。我们从小到大只知道他和别人不一样。他说话口齿不清，不识字，也不像我们和其他人那样思考，不过这对我们来说都不重要。在我们眼中，他只是大个儿乔。有时候，他的样子确实有点可怕。他似乎迷失在了自己的梦境世界里，而我觉得那里大都是噩梦，所以他有时才焦躁不安，大发脾气。然而，或迟或早，他总会回到我们身边，变回原本的那个他，那个我们都很了解的大个儿乔，热爱所有人和世间万物的大个儿乔。他尤其钟爱飞鸟等动物和花朵，完全信任别人，有一颗宽容的心，即使后来发现糖果其实是兔子粪，他也原谅了我们。

我和查理为了这件事惹了大麻烦。其实光凭自己，大个儿乔根本发现不了。不过，向来慷慨的他拿着一粒兔子粪去给妈

妈吃。她大发雷霆，我觉得她都要气炸了。她用一根手指抠大个儿乔的嘴，把他嘴里的兔子粪都抠了出来，还让他去洗干净。然后，她让我和查理每人吃一粒，也好品尝一下是什么滋味。

"很难吃吧？"她说，"你们这两个讨人厌的小孩，就该吃难吃的东西。以后别再欺负大个儿乔了！"

我们为自己的行为感到非常羞愧，起码有段日子的确如此。从那以后，只要有人提起兔子，我和查理就会相视一笑，想起那段经历。现在，光是想起往事，笑容就再次浮现在我的脸上。我不该笑的，但我忍不住。

在某种程度上，我们在家里的生活总是围着大个儿乔转。我们对人的看法，很大程度上取决于他们怎么对待我们的大哥。说起来其实很简单，有人不喜欢他，对他很冷淡，或者把他当傻瓜，那我们也不喜欢他们。我们周围的大多数人都习惯了他，但有些人故意别开脸不理睬他，甚至更过分，假装他不存在。我们最讨厌这样。大个儿乔似乎从不介意，但我们会替他抱不平，就像那天，我们轻蔑地嘘上校一样。

家里没人说上校的好话，当然狼外婆例外。每次她来我们家，都不允许我们说他一句不好。她和爸爸还为此吵得不可开交。我们从小到大都认为上校只是个"愚蠢的老顽固"，其他倒也没什么。但我第一次亲眼见识上校的真面目，还是因为大个儿乔。

一天晚上，我、查理和大个儿乔去小河边钓完褐鳟，沿着小路回家。大个儿乔抓了三只，他在浅滩里给鱼儿挠痒，哄得它们昏昏欲睡，趁它们还没反应过来，就把它们捞到了岸上。他在这方面很聪明，就好像他知道鱼在想什么。不过他不喜欢把鱼杀死，我也不喜欢。于是，这个差事就落在了查理头上。

无论遇到谁，大个儿乔总是大声地打招呼。他就是这样一个人。因此，那天晚上见到上校骑马经过，大个儿乔便大声向他问好，还骄傲地举起自己抓的褐鳟给他看。上校就那么骑着马小跑着过去了，好像没瞧见我们。他过去后，查理在他身后大声地啐了一口。大个儿乔喜欢粗鲁的声音，也跟着啐了一口。但问题是，大个儿乔玩得很开心，啐了一口又一口，根本停不下来。上校勒住马，恶狠狠地瞪了我们一眼。我一度以为他要来追我们。所幸他没有，只是把鞭子抽得震天响。"你们这些小无赖，等我以后收拾你们！"他咆哮道，"到时候让你们吃不了兜着走！"

我一直认为上校就是从那时起恨上我们的，也是从那时起，他下定决心要报复我们。我们吓得拼命跑回了家。后来，每当有人放屁或是啐人，我总会想起小路上的遭遇，想起大个儿乔一听到粗鲁的声音就哈哈大笑，好像永远停不下来。我还会想起上校那凶狠的眼神和鞭子的噼啪声，而那天晚上大个儿乔啐他，很可能彻底改变了我们的人生。

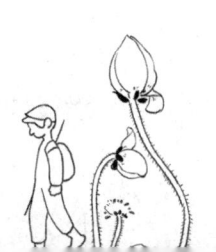

我平生第一次打架，也是因为大个儿乔。学校里常有人打架，我却不太擅长此道，最后不是被打得嘴唇肿胀，就是耳朵流血。我很快就明白了一个道理，不想受伤，就得低下头，别还嘴，尤其是在对方比你块头大的时候。但有一天我发现，有时你必须为自己挺身而出，为正义而战，哪怕这并非出自你的本心。

那是在课间游戏时间。大个儿乔来学校看我和查理。他其实就是站在校门外面看着我们而已。我和查理刚一起上学的那阵子，他常常来，想必是家里没有我们，他觉得寂寞了。我朝他跑过去。他有些上气不接下气，兴奋得眼睛发亮。他有东西给我看。他把握成杯状的双手打开一条缝，刚好够我看到里面。里面蜷缩着一只蛇蜥。我知道他是在哪里抓的，就在教堂墓地，那儿是他最喜欢的猎场。每当我们去爸爸墓前献花，大个儿乔就独自走开，去抓各种小动物，充盈他的收藏。在这样的时候，他不可能只是站在那里凝望教堂钟楼，扯着嗓子唱《柑橘与柠檬啊》，看雨燕在教堂钟楼周围尖叫。没有什么比这更能使他高兴了。

我知道大个儿乔会把蛇蜥和他抓到的其他动物放在一起。那些动物有蜥蜴啦，刺猬啦，反正就是各种各样的小动物，他把它们放在柴棚的盒子里。我用手指抚摸着蛇蜥，夸它很可爱，而它确实很可爱。然后他就沿着小路走了，一边哼着《柑橘与

柠檬啊》，一边好奇地低头看着他心爱的蛇蜥。

我看着他离开。就在这时，有人重重地拍了拍我的肩膀，把我弄得很疼。是大块头吉米·帕森斯。查理经常提醒我提防他，叫我对他敬而远之。"谁有个疯子哥哥？"吉米·帕森斯嘲笑我说。

我简直不敢相信他竟会这么说，反正起初是不信的。"你说什么？"

"你哥哥是个疯子、神经病，他脑子不正常，是个白痴、傻瓜。"

我扑向他，挥舞着拳头，朝他大喊大叫，但我没想打他。他却一拳重重地打在我的脸上，把我打趴在地。我只知道自己突然坐在了地上，我擦着鼻子里流出来的血，又看看手背上的血。然后，他狠狠地踢了我一脚。我像刺猬一样蜷成一团保护自己，但这似乎对我没什么好处。他继续踢我的背，踢我的腿，反正能踢到哪里就踢哪里。过了一会儿，他的脚终于停下，我忍不住纳闷他怎么不继续了。

我抬起头，只见查理勾住他的脖子，把他拉倒在地上。他们纠缠在一起，滚来滚去，彼此拳脚相加，还互相大骂。这会儿，全校的人都过来围观，还有人煽风点火。就在这时，芒宁斯先生跑出教学楼，像一头愤怒的公牛一样咆哮起来。他把他们分开，揪着他们的衣领，把他们拖进了教学楼。幸运的

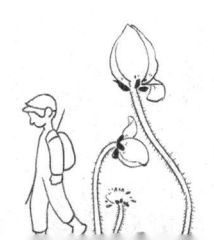

是，芒宁斯先生没有注意到我坐在那里，流了很多血。查理挨了教鞭，吉米·帕森斯也是，每人六下。所以，那天查理一共救了我两次。我们其余人静静地站在操场上，听着教鞭抽下去的声音，数着数。大块头吉米·帕森斯先挨罚，他不停地喊："哎哟，先生！哎哟，先生！哎哟，先生！"但轮到查理的时候，我们只能听到教鞭的抽打声，每次教鞭落下的间歇都很安静。我为他感到骄傲。我有世界上最勇敢的哥哥。

莫莉走过来，拉起我的手，领着我走向水泵。她把手帕浸在水里，然后用手帕轻轻地擦了我的鼻子、手和膝盖，血已经流得到处都是。水很凉，可以镇痛，她的手很柔软。有那么一会儿，她并没有说话，只是为我擦拭血迹，她的动作很轻，很小心，以免弄疼我。突然，她说："我喜欢大个儿乔。他很善良。我喜欢善良的人。"

莫莉喜欢大个儿乔。现在我可以确定，我会爱她直到生命的尽头。

过了一会儿，查理提拉着裤子走进操场，在阳光下咧着嘴笑。大家都围到他身边。

"疼吗，查理？"

"他抽的是膝盖后面，还是屁股，查理？"

查理没理会他们，而是穿过人群，径直向我和莫莉走来。

"他不会再找碴儿了,小托。"他说,"我打了他的老二,那里最疼了。"他抬起我的下巴,盯着我的鼻子看。"小托,你没事吧?"

"有点疼。"我告诉他。

"我的屁股也是。"查理说。

莫莉笑了,我笑了,查理笑了,所有同学都笑了。

从那一刻起,莫莉成了我们中的一员。这就好像她突然加入了我们的家庭,成了我们的姐妹。那天下午,莫莉和我们一起回家,大个儿乔把摘来的一些花送给了她,妈妈没有女儿,把她当成亲生女儿一样对待。从那以后,莫莉几乎每天下午都和我们一起回家。她似乎想一直和我们待在一起。很久以后,我们才知道了她这么做的原因。我记得妈妈常给莫莉梳头。她喜欢这样,我们也喜欢看。

妈妈,我时常想念她。每当想起她,我脑海中都会浮现出高大的树篱、幽深的小路、傍晚我们一起去河边散步的情形。我还会想起绣线菊、金银花、野豌豆、毛地黄、红石竹和犬蔷薇。无论是什么野花和蝴蝶,她总能叫出名字。我喜欢她说它们名字时的声音:红纹丽蛱蝶、孔雀蛱蝶、菜粉蝶、阿多尼斯蓝蝴蝶。此刻,她的声音就在我的脑海里响起。不知道为什么,

在我的记忆里,她的声音比她的样子更清楚。我想这是因为记忆中妈妈总在喋喋不休地向大个儿乔解释我们的世界。她是他的向导,他的翻译,他的老师。

学校不肯收大个儿乔入学。芒宁斯先生说他太迟钝,但他一点也不迟钝,他只是有些与众不同而已。妈妈常说他很"特别",但他并不迟钝。他只是需要帮助,而妈妈一直在帮他。从某种程度上来说,大个儿乔就像个盲人。他能看得很清楚,但他往往并不明白自己看到的是什么,还迫切地想要了解。就这样,妈妈总是在给他讲事情是怎样的,为什么会这样。她还经常给他唱歌,每当他发脾气、陷入焦虑或烦恼,她的歌声总能哄他开心,带给他安慰。她也给我和查理唱歌,在我看来,这更多是出于习惯。但我们喜欢她唱歌,深爱着她的声音。她的声音就是我们童年的音乐。

爸爸去世后,妈妈的歌声便停止了。她沉默寡言,家里弥漫着悲伤的气息。而我内心有一个可怕的秘密,一个我无法从脑海中抹去的秘密,由于内疚作祟,我也逐渐封闭了自己。就连大个儿乔也几乎没有笑过。吃饭的时候,没有了爸爸,没有了他高大的身躯和声音填满房间,厨房里显得特别空荡。他那件肮脏的工作服不再挂在门廊上,他烟斗的气味如今也很淡了。他不在了,而我们都用自己的方式默默地哀悼着他。

妈妈仍然和大个儿乔说话,但不像以前那么絮絮不停。她

不得不和他说话,毕竟只有她真正明白大个儿乔的咕哝和刺耳的尖叫是什么意思。我和查理有时能听懂一些,但她能听懂他想说的一切,有时他还没说,她甚至就明白了。我和查理都看得出来,妈妈身上笼罩着一层阴影,而这不仅仅是因为爸爸去世。我们肯定她还有事没说,对我们有隐瞒。不过,原因很快就浮出了水面。

有一天,放学回家后,我们正在喝茶,莫莉也在,这时有人敲门。妈妈似乎马上就知道是谁来了。她花了些时间振作精神,把围裙弄平,整理好头发,才打开门。是上校。"我想跟你谈谈,皮斯弗太太。"他说,"想必你清楚我的来意。"

妈妈叫我们继续喝茶,便关上门和他一起到花园里去了。我和查理把莫莉和大个儿乔留在桌旁,从后门冲了出去。我们跳过菜地,跑过树篱,蹲在柴棚后面听着。我们离得很近,他们说的每一个字我们都听得很清楚。

"你丈夫不幸英年早逝才没多久,现在提起这件事,或许有些不近人情。"上校说,他说话时没看妈妈,而是低头看着他的礼帽,用袖子把帽子抚平,"关于这栋房子,严格地说,皮斯弗太太,你没有权利继续住在这里了。想必你很清楚,这是给长工住的契约房,你已故的丈夫在林场工作,你们一家才可以住在里面。现在他不在了……"

"我明白你的意思,上校,"妈妈说,"你想让我们搬走。"

"我没有那么说。皮斯弗太太,我无意让你们搬出去,但前提是你我能达成另一个协议。"

"协议?什么协议?"妈妈问。

"好吧,"上校继续说,"我家里碰巧有份工作适合你做。我妻子的贴身女仆最近辞了工。你也知道,我妻子身体不太好。如今,她大部分时间都在轮椅上度过。她需要有人一周七天不间断地在身边照顾。"

"可我还有孩子。"妈妈抗议道,"谁来照顾我的孩子呢?"

过了一会儿,上校才开口说话。"依我看,两个男孩子都长大了,可以照顾自己。至于另一个,埃克塞特有间疯人院,相信我一定可以弄到……"

妈妈打断了他的话,她的怒火几乎难以压制,但冷漠的声音听起来依然很平静:"绝对没有那个可能,上校。现在的情况是,我若想家人还在这个屋檐下生活,就得把家里的事安排好后去为你工作,做你妻子的女仆。这就是你的意思,对吗?"

"我得说,你的理解完全正确,皮斯弗太太。就连我本人也不可能说得更清楚了。请在一周内答复。再见,皮斯弗太太。再次表示我的哀悼。"

我们看着他离开,只剩妈妈站在那里。我以前从未见过她哭,但她现在哭了。她跪在高高的草丛里,双手捂着脸。就在

这时，大个儿乔和莫莉从屋里走了出来。大个儿乔看到妈妈，便跑过去跪在她旁边，把她抱在怀里轻轻摇晃，唱起了《柑橘与柠檬啊》，直到她破涕为笑，和他一起唱。我们全都唱了起来，唱得很大声，带着反抗的意味，好叫上校听到。

后来，莫莉回家后，我和查理静静地坐在果园里。我差点儿就把那个秘密向他和盘托出了。我很想说出来，却怎么也说不出口。要是说了，想必以后他都不会搭理我了。于是我把这个念头抛到了脑后。"我恨那个人。"查理低声说，"小托，我不会放过他的。总有一天，我要让他付出代价。"

妈妈自然别无选择。她不得不接受这份工作，而我们只有一个亲戚可以求助，那就是狼外婆。第二个星期，她就搬进来照顾我们了。她其实不是我们的外婆，我们的亲外婆早就过世了。她是妈妈的姑姑，却非要我们叫她外婆，说什么叫她"姑婆"，会显得她又老又古怪，但她确实就是这么一个人。在她没搬进来的时候，我们就不喜欢她，不管是她唇上的胡子，还是别的，我们都不喜欢，现在她搬了进来，就更讨人厌了。关于她的事，我们可都是一清二楚的。她在上校府做了很多年的管家，后来，不知出于什么原因，上校的妻子再也受不了她。她们大吵了一架，最后她只得卷铺盖走人，回到了村里。因此，她才有时间来照顾我们。

但在私下里，我和查理从来不叫他姑婆或外婆。我们给她

起了个外号。小时候，妈妈经常给我们读《小红帽》。书里有一张我和查理都很熟悉的图片，就是狼假装小红帽的外婆躺在床上。狼头上戴着一顶黑色软帽，而我们的"外婆"也总戴着这样一顶帽子；狼长着巨大的牙齿，齿缝很宽，而我们的"外婆"也是这样。所以从我记事起，我们就叫她"狼外婆"，当然，我们从不当着她的面这么叫。妈妈说这很不尊重人，但依我看，她在心里也很认同这个绰号。

很快，我们称她为狼外婆，就不仅仅是因为那本书了。她一来就给我们立规矩，让我们明白妈妈不在家的时候，到底由谁来当家做主。无论什么事，都得按她说的办：手洗干净，头发梳整齐，嘴巴里有食物时不能说话，盘子里的饭菜不能剩。"勤俭节约，吃穿不缺。"她依然把这句话挂在嘴边。这还不是最糟糕的，反正我们都习惯了。但我们不能原谅她对大个儿乔的刻薄。她每每跟他说话或是谈论他时，都好像把他当成个傻瓜或疯子。她对待他就像对待婴儿一样，总是帮他擦嘴，还叫他不要在饭桌上唱歌。有一次莫莉提出抗议，她居然打了莫莉一巴掌，把她赶回了家。每次大个儿乔不听话，她也赏他吃巴掌，而大个儿乔常常不听她的吩咐，所以经常挨打。挨打后，他就开始来回摇晃身体，自言自语，他一心烦意乱就这样。可现在没有妈妈为他唱歌，帮他冷静下来。于是莫莉和他说话，我们也试着和他说话，只是结果不太理想。

从狼外婆搬进来的那天起，我们的整个世界都变了。天刚亮，在我们去上学之前，妈妈就去上校府工作了；我们回到家喝下午茶时，她依然没回来。取而代之，在家门口等着我们的是狼外婆，那个家在我们看来像是她的巢穴。大个儿乔向来喜欢四处玩耍，她偏偏不许他出门，所以，他一见我们回来，就朝我们冲过来，好像有几个星期没见过我们一样。妈妈回家的时候，他也是这样。但妈妈时常累得筋疲力尽，连和他说话的力气都没有。她知道发生了什么事，却无能为力。我们每个人都觉得快要失去她了，仿佛她即将被取代，被推到一边去。

现在家里说话最多的就是狼外婆，她竟然在妈妈的家里支使妈妈。她总说妈妈没有把我们教养好，批评我们举止粗俗，不懂是非，还说妈妈下嫁给了一个配不上她的人。"我当时就告诉过她，后来也常说起。"她没完没了地大声抱怨，"她本来可以嫁得更好的。但她听进去了吗？没有呀。第一次瞧上一个人，就嫁给了人家，可那人只是个护林人。她本应该嫁得更好的，找个地位高一点的男人。我们家里可是经营杂货店的，我可以告诉你们，我们家里的店铺大着哩，也赚了不少钱。那可是大生意，知道吧？她偏偏不肯继承家里的生意。你们外公的心都叫她伤透了。看看她现在沦落到什么地步了吧。她还这么年轻，就去给人家当佣人了。真是叫人头疼啊。你们的妈妈从出生那天起就一直叫人头疼。"

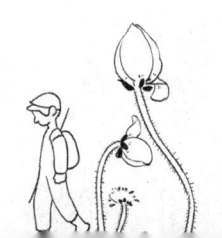

我们都盼着妈妈反驳她,但她每次都只是温顺地让步,她太累了,什么也做不了。在我和查理眼里,她几乎变成了另外一个人。她的声音里没有了笑意,眼睛也失去了神采。爸爸过世,妈妈不得不去上校府做工,狼外婆搬进来取代了她的位置,而我一直都清楚这一切是谁的过错。

夜里,有时我们能听到狼外婆在床上打鼾,我和查理就编了一个上校和狼外婆的故事。故事是这样的:有一天上校的妻子出意外死了,妈妈回家了,和我们、大个儿乔、莫莉在一起,生活也回到了以前的样子。然后,上校娶了狼外婆,从此过上了不幸的生活。他们生了许多怪胎,那些孩子一出生就很老,脸上长满皱纹,有大牙缝,女孩像狼外婆一样长着小胡子,男孩和上校一样长着大胡子。

我记得自己经常在噩梦中见到那些怪物般的孩子,但不管怎样,我的噩梦总是以同样的方式结束:我和爸爸在树林里,那棵树倒了下来,然后,我尖叫着醒来。查理闻声来到我的床边,一切就恢复了正常。有查理在,一切都会好起来。

临近十一点一刻

这里有只老鼠。它趴在灯光下,抬头看着我。它见到我,似乎和我看见它一样惊讶。老鼠跑了,但我还能听到它在草垛下面窜来窜去的声音。这会儿,想来它跑远了,但我希望它能回来。我已经开始想念它了。

狼外婆讨厌老鼠。她对老鼠有一种深刻的恐惧,根本无法掩饰。到了秋天,阴雨绵绵,气温也很低,老鼠发现室内比较暖和,便决定到屋里和我们一起生活,于是我和查理就有了很多笑料。大个儿乔很喜欢老鼠,甚至还给它们喂食。为了这事,狼外婆朝他大喊大叫,还扇他嘴巴子。但大个儿乔始终不明白自己为什么挨打,所以照样喂老鼠。狼外婆放了很多捕鼠器,但我和查理把它们找了出来,把机关弄坏。就这样,那年秋天她只抓到了一只老鼠。

那只老鼠享受到了老鼠所能享受的最盛大的葬礼。大个儿乔是主祭人,代表我们所有人掉了很多眼泪。我、莫莉和查理挖了墓穴,把老鼠放进去让它安息,莫莉在坟上插了很多鲜花,还唱了《何等恩友慈仁救主》。我们是在果园深处埋葬老鼠的,隐身在一棵棵苹果树后面,狼外婆看不到也听不到我们。之后,我们围着坟墓坐成一圈,吃了一顿黑莓葬礼宴。大个儿乔不哭了,开始吃黑莓,果汁染黑了我们的嘴巴,我们还在老鼠的坟边唱了《柑橘与柠檬啊》。

狼外婆想尽了一切办法要把老鼠赶尽杀绝。她把老鼠药放在食品室的水槽下面。我们就把药扫走。她喊来了村里那个长着歪鼻子的点疣师鲍勃·詹姆斯来灭鼠。他试过了,但没有成功。最后,无奈之下,她只能拿着扫帚把老鼠轰出房子。可老鼠每次都会跑回来。这样一来,她对我们的态度就更加恶劣了。但对我和查理而言,只要看到她像女巫一样吓得傻了眼,玩命儿尖叫,就算挨嘴巴子也值得了。

我们夜里躺在床上,每次所讲的狼外婆的故事都有所不同。现在我们讲到,上校和狼外婆生的孩子根本不是人。他们所生的是巨大的老鼠,全生着长尾巴和抖动的胡须。但看了她接下来的所作所为,我们认为即使是那样可怕的命运,对她来说也过于仁慈了。

虽然狼外婆时不时也给莫莉耳光,但有件事很快就变得显

而易见：比起我们，她对莫莉的喜爱要多得多。这是有充分理由的。狼外婆常说还是女孩子好，不像男孩子那样粗鄙。此外，她和莫莉的父母是好朋友。他们和我们一样，住在上校庄园的一座小房子里，莫莉的爸爸是上校府的马夫。狼外婆告诉我们，他们都是正派人，善良和虔诚的人往往把孩子教养得很好。而她所谓的教养，就是要对孩子严厉。据莫莉所说，他的父母确实也很严厉。往往只是因为一点小事，她不是被赶回自己的房间，就是挨上爸爸的一顿皮带。她的父母年纪比较大，她又是家里的独生女，正如莫莉经常说的，他们希望她完美无缺。不管怎样，狼外婆认可她的家庭对我们来说是件好事，否则我肯定她绝对会禁止莫莉来看我们。事实上，狼外婆说莫莉是个很好的榜样，可以教我们一些礼仪，让我们不那么粗鲁和粗俗。所以，谢天谢地，莫莉每天放学后都可以和我们一起回家喝茶。

给老鼠办葬礼后不久，大个儿乔的生日到了。我和查理从村中布赖特太太的店里给他买了一些他一向都很喜欢的薄荷糖，莫莉也给他准备了一份礼物，就装在一个棕色的小盒子里，盒上有气孔，还缠着松紧带。我们上学的时候，她把盒子藏在了操场尽头的灌木丛里。我们缠了她很久，她才在我们步行回家的路上给我们看了那是什么。里面居然装着一只田鼠，可以说是我所见过的最可爱的小老鼠了，长着一对超大的耳朵，一双眼睛闪动着困惑的光。她用手背抚摸它，它就从盒子里坐了起

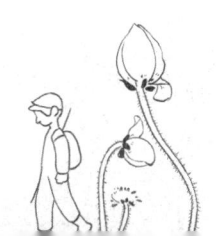

来，对着我们抖动胡须。喝完茶后，她把田鼠送给了大个儿乔，我们当时是在果园里，远离小屋，很好地避开了狼外婆时刻警惕的目光。大个儿乔拥抱了莫莉——抱了好久，好像永远不会松开似的。他把这只生日礼物田鼠放在他自己的盒子里，藏进了他卧室衣柜的抽屉里。他说外面太冷，不能让田鼠跟他的其他小动物一起待在外面的柴棚里。田鼠立刻成了他的最爱。我们三个都嘱咐大个儿乔，叫他千万别把这件事告诉狼外婆，她知道了准会把田鼠抓走杀掉。

我不知道她是怎么发现的，但几天后我们从学校回到家，就看见大个儿乔坐在他房间的地板上泣不成声，身边的抽屉是空的。狼外婆咆哮着冲进来说她不允许她的房子里有任何肮脏恶心的动物。更糟糕的是，为了不让大个儿乔把其他动物带进屋里，她把一只蛇蜥、两条蜥蜴和一只刺猬都杀死了。大个儿乔的动物伙伴这下全军覆没了，他伤心极了。莫莉朝她尖叫，说她是个非常非常残忍的女人，死后要下地狱。骂完莫莉就哭着跑回家了。

那天晚上，我和查理编了一个故事，说狼外婆误喝了放了老鼠药的茶死了。过了一段时间，我们确实摆脱了她，不过谢天谢地，跟我们没有关系。可以说那是一个奇迹，一个妙不可言的奇迹。

首先,上校的妻子死在了轮椅上。一天,吃下午茶的时候,她被烤饼噎住了,尽管妈妈竭尽全力救她,她还是停止了呼吸。他们为她举办了盛大的葬礼,我们都得去参加。她躺在一口带有银把手的闪亮棺材里,上面高高堆着鲜花。牧师声称她在教区颇受人爱戴,还将自己的一生奉献给了庄园里的每一个人,不过我们都是头一次听说她是这样一个人。

之后,他们打开教堂的地板,把她葬入家族墓穴。我想,我宁愿躺在爸爸那样朴素的棺材中,埋在教堂外面,有阳光照耀,有风吹过,也不愿意和一群去世的亲戚一起,埋在阴暗的洞穴里。赞美诗才唱到一半,妈妈不得不带大个儿乔出去,因为他又开始非常大声地唱《柑橘与柠檬啊》,还不肯停下。狼外婆像狼一样朝我们露出牙齿,眉头皱成一个疙瘩,一副很不赞成的样子。我们当时还不知道,但很快她就将从我们的生活中彻底消失,她所有的愤怒、威胁和对我们的各种不赞成也将和她一并离开。

突然之间,妈妈又回到了家里,回到了我们身边,这可真叫人开心,我们都盼着狼外婆搬回村里只是时间问题。上校府没有适合妈妈的工作了,毕竟没有了夫人,也就不需要女仆了。妈妈回了家,逐渐变回了原来的自己。她和狼外婆经常激烈地争论,主要是因为狼外婆对大个儿乔不好。妈妈说,现在她回家来了,就不需要继续忍了。我们听着每一个字,觉得每

一刻都是享受。然而，快乐的时光虽然重新降临，却有一个巨大的阴影依然没有散去。我们看得出来，妈妈失业了，没钱进账，我们的日子变得越来越难过。壁炉架上的马克杯里一分钱不剩，桌上的食物一天比一天少。有一段时间，我们只有土豆可吃。我们都清楚，上校迟早会把我们赶出小屋，现在只等敲门声响起了。而这期间，我们的肚子也不会有吃饱的时候。

去偷猎是查理的主意。他说可以抓鲑鱼、褐鳟、兔子，运气好的话，甚至可以猎到鹿。爸爸也这么干过，所以查理知道该怎么做。我和莫莉负责把风，他做陷阱或钓鱼。所以，无论黄昏还是黎明，只要能一起出门，我们就在上校的庄园里偷猎：有时去上校的树林，有时去上校的河，那条河里有很多褐鳟和鲑鱼。我们不能带大个儿乔去，他随时都可能唱起歌来，那样我们就暴露了。再说，他会告诉妈妈的。不论什么事，他都对妈妈说。

收获很不错。我们带回了很多兔子、几条鳟鱼，有一次还抓到了一条十四磅重的鲑鱼，于是就有了一些别的食物搭配土豆吃。我们没告诉妈妈我们在上校的庄园里偷猎，她绝对不会允许我们干这种事。我们也不想让狼外婆知道，不然她肯定马上去向上校告发我们。"上校啊，我的朋友。"提起他，她都是这种语气。她向来对他赞不绝口，所以我们必须小心。我们说兔子是在果园里逮的，鱼是在村里的小河捉的。小河里确实有

鳟鱼，只是很小，但她们不清楚这一点。查理告诉她们，我们抓的那条鲑鱼一定是去小河里产卵的，因为这是鲑鱼的习性。她们相信了他，真是谢天谢地。

查理布陷阱或下渔网时，我和莫莉就在一旁放哨。上校的总管兰伯特虽然年纪大，却很聪明，我们知道，只要被他发现，他一定把狗放出来咬我们。一天傍晚，我和莫莉坐在桥边，查理在下游忙着撒网捉鱼。她突然握住我的手，攥得很紧。"我怕黑。"她笑着说。我心里乐开了花。

第二天，上校出现在了我们家。我们心想，不是我们被发现了，就是他要把我们赶出去。不过两者都不是。狼外婆似乎在等他，这很奇怪。她走到门口邀请他进来。他朝妈妈点了点头，还皱起眉头瞧了瞧我们。狼外婆向我们摆摆手，让我们出去，接着请上校坐下。我们本想偷听来着，但大个儿乔没法保持安静，我们只好等晚些时候再听坏消息。事实证明，那不是坏消息，而是大大的好消息。

上校走后，狼外婆叫我们进去。她露出一副自负的样子，很是扬扬得意。"你们的妈妈会解释的。"她戴上帽子，神气十足地说，"我现在就得去上校府办点事。"

妈妈一直等到她走了，才忍不住笑着道出了原委。"是这样的，"她说，"你们都知道，从前，你们姑婆曾在上校府里当管家。"

"后来她被上校的妻子赶了出去。"查理说。

"是的,她丢了工作。"妈妈继续说,"现在上校的妻子过世了,上校想让她回去当住家管家。她会尽快搬到上校府里。"

我没有欢呼,但我确实很想这么做。

"那小屋呢?"查理问,"痴傻的老疯子是不是要赶我们出去?"

"不是的,亲爱的。我们可以留在这里。"妈妈答,"上校说他的妻子很喜欢我,让他答应在她去世后继续照顾我。他遵守了这个承诺。随你们怎么说上校,但他确实是个守信用的人。我答应帮他洗所有的床上用品,还为他做针线活儿。这些活儿基本都可以带回家来做。那样家里就能有收入了。我们一定可以撑下去的。你们高兴吗?我们不必搬走了。"

我们全都欢呼起来,大个儿乔也欢呼起来,声音比我们任何人都大。就这样,我们继续住在这里,狼外婆搬了出去。我们终于自由了,世界又恢复了正常,至少一段时间里是这样的。

莫莉和查理都比我大,莫莉比我大两岁,查理比我大三岁,他们总是跑得比我快。在我的人生中,我有很多时间都在看他们两个在我前面奔跑、在草地上跳跃,莫莉的辫子在她的头上甩来甩去,他们的笑声交织在一起。他们若是跑得太远,我有时便觉得他们是想甩掉我。于是我向他们抱怨,让他们知道我

心里很不舒服，感觉自己被抛弃了。他们就等着我追上去。最棒的是，莫莉有时候会跑回来拉起我的手。

　　偷抓上校的鱼，偷摘他的苹果，我觉得最让我们享受的是那种冒险的感觉。不这么干的时候，我们就在乡间野游。莫莉能像猫一样爬树，比我们两个爬得都快。有时我们去河边看翠鸟掠过，或者去柳树环绕的欧克门特池游泳，那里的水又黑又深，透着一股神秘感，一般没人去。

　　一开始我不敢下去。过了几天，他们终于把我哄下了水。莫莉站在齐腰深的水里，用手捂住眼睛。"来吧，小托。"她叫道，"我不看。我保证。"我不想再被甩下，就脱了衣服，朝河水冲去。我闯过了第一关，以后便不再难为情。

　　有时我们玩腻了，就躺在浅滩里聊天，任由河水在我们身上荡漾。这样聊天，真是舒服极了。有一次，莫莉告诉我们，她真想就这样睡去，不再期望明天的到来，因为明天不可能像今天一样美好。"这样吧。"她说着在河里坐起来，捡起一把小鹅卵石，"我来预测一下我们的未来，我见过吉卜赛人这么做。"她把双手握成杯状，摇晃着鹅卵石，然后闭上眼睛，把它们撒在泥泞的岸边。她跪在石头边上，非常认真而缓慢地说着话，仿佛在阅读石头上的信息："石头说，我们三个会一直在一起，永远不分开。石头说，只要我们三个形影不离，就可以交好运，过幸福的生活。"说完，她朝我们笑了笑。"石头从

35

不说谎,"她说,"所以你们只能和我在一起了。"

有那么一两年,事实证明莫莉的石头预言是正确的。但后来莫莉病了。有一天她没去学校,芒宁斯先生告诉我们她得了猩红热,而且病得很重。那天晚上,用完茶后,我和查理带着妈妈为她摘的一些香豌豆花去了她家。妈妈说过,香豌豆花闻起来比她知道的其他花都香。我们心里清楚这次去不可能见到她,毕竟猩红热很容易传染。莫莉的妈妈看到我们一点也不高兴。她向来面色苍白,阴沉着脸,但那天她还很生气。她接过了花,却看也不看一眼,还告诉我们最好不要再来了。莫莉的爸爸从她身后出现,蓬头垢面,态度粗暴,他叫我们走开,说我们打扰莫莉睡觉了。往回走的路上,我满脑子想的都是莫莉住在那座昏暗的小房子里,有那样的父母,一定很不开心。我们停在路尽头,抬头望向莫莉房间的窗户,希望她过来向我们招手。但她没有,我们知道她确实病了。

自从离开主日学校,我和查理就不再做祷告,但现在我们诚心地做了祷告。我们每晚都和大个儿乔并排跪着,祈祷莫莉不会死。大个儿乔还唱了《柑橘与柠檬啊》,等他唱完,我们说"阿门",十指交握,求主保佑。

十一点五十分

即使是在主日学校的时候，我也不确定自己是否真的相信上帝。在教堂里，我抬头望着彩色玻璃窗映衬下的十字架上的耶稣，为他感到难过，我看得出来那样对他太残忍了，他一定很疼。我知道他是个善良的好人，但我一直没搞明白上帝为什么允许那些人如此对他，让他遭受那么多的痛苦，毕竟上帝是他的父亲，还无所不能。无论是当时还是现在，我都觉得交叉手指祈求好运和莫莉的石头预言，与向上帝祈祷一样不可靠。我不应该这么想的，毕竟要是没有上帝，也就不存在天堂了。今晚，我非常愿意相信天堂是存在的，相信如爸爸所说，人死后将得到重生，相信死亡不是终点，相信我们还会再见面。

就在莫莉患猩红热卧病在床期间，我和查理发现，尽管莫莉的石头在某种程度上让我们失望了，但在另一方面，它们的

预言确实不错：有她在，我们三个人在一起，就能交好运；没有她，运气就跑光了。在她病倒前，每次我们三个一块出去偷抓上校的鱼，从来都没有被发现过。有几次我们的确险些被兰伯特带着猎犬抓个正着，不过我们有专人放哨，总能侥幸脱险。不知怎么的，我们每次都能听到他们来了，然后便溜之大吉。

但是，我和查理第一次在没有莫莉的陪伴下去抓鱼，就出了事。事情闹得很大，全都怪我。

那天夜里非常适合抓鱼，连一丝风都没有，只要有人来，我们就能听到。有莫莉在我身边放哨时，我从不觉得困，所以我们总能听到兰伯特带着狗过来，这就给了查理足够的时间从河里出来，我们就能成功逃跑。但在这个特别的晚上，我的注意力没法集中。我在桥边的老地方舒服地待着，查理在下游撒网。也许正是因为太舒服了，我才坐了一会儿，就睡着了。我很难入睡，可一旦睡着，就睡得很沉。

接下来我知道的第一件事，是有只狗在嗅我的脖子。然后，它冲着我的脸大叫，老兰伯特把我拽了起来，而查理还在洒满月光的河中央拉渔网。

"皮斯弗家的小子们！你们这些小混蛋！"兰伯特咆哮道，"被我抓现行了吧？毫无疑问，你们这下可要倒大霉了。"

查理本可以丢下我的。他本可以逃之夭夭，但查理不是那样的人。他从来都不是。

兰伯特用猎枪指着我们，逼着我们沿河向上校府走去，他的狗不时在我们身后咆哮，提醒我们它还在那儿，只要我们逃跑，它就把我们生吞活剥。兰伯特把我们锁在马厩里，就走开了。我们在黑暗中等待着，马在我们周围动来动去，咀嚼着，喷着鼻息。很快，我们就看到有灯光靠近，听到了脚步声和说话声。穿着拖鞋和晨衣的上校出现了，狼外婆和他在一起，戴着睡帽，看上去和兰伯特的狗一样凶。

上校的目光在我们兄弟之间游移，他厌恶地摇着头，但率先开口的是狼外婆。"我这辈子还是第一次这么丢脸。"她说，"居然是我的家人！你们简直丢人现眼！上校为我们做了那么多！你们就是小偷，彻头彻尾的小偷！"

她说完就轮到了上校。"对付像你们这样的小流氓，只有一个办法。"他说，"我可以把你们送到地方法官那里，但地方法官就是我本人，就没必要这么麻烦了，是不是？我现在就宣判。你们明天早上十点整到这里来，我要让你们两个都好好吃顿鞭子，这是你们自找的。之后，你们留下来打扫犬舍，什么时候我说可以了，你们才能离开。看你们以后还敢不敢在我的土地上偷猎。"

回到家，我们无奈之下，只能原原本本地向妈妈坦白我们做过什么，上校都说了什么。大部分都是查理说的。妈妈坐在那里静静地听着，面无表情。她开口的时候，声音很低，几

近耳语。她说:"我可以告诉你们一件事,你们决不会挨鞭子,除非我死了。"她抬头看着我们,眼里充满了泪水。"为什么?你们明明说去小河里钓鱼的。你们就是这么告诉我的。啊,查理,小托。"大个儿乔抚摸她的头发,他有些焦虑,并不明白发生了什么事,妈妈拍了拍他的胳膊,"没事的,乔。我明天和他们一起去。清理狗窝无所谓,你们两个也该受受教训,但只能到此为止。我不会让那个人碰你们一根汗毛,一根汗毛都不行。"

　　妈妈说到做到。至于她是怎么做到的,说了些什么,我们不得而知。但第二天,妈妈和上校在他的书房聊过后,便让我们当面给他道歉。在就非法侵入私人领地发表了长篇大论后,上校说他改变了主意,不鞭打我们了,但要我们每周六和周日清理犬舍,直到圣诞节。

　　事实证明,我们一点也不介意。犬舍里虽然恶臭难忍,但在我们洗洗擦擦的时候,猎犬围在我们身边,尾巴高高翘起,欢快地摇晃着。确定没人注意,我们就停下手里的活儿,去抚摸它们。我们特别喜欢一条叫伯莎的母狗。它除了一只爪子是棕色的,浑身雪白,一双眼睛非常漂亮。每次我们来打扫,它总站在我们边上,用爱恋的眼神望着我们。一看它的眼睛,我就想起莫莉。和伯莎一样,她的眼睛也是石楠蜜色的。

　　我们必须多加小心,狼外婆现在比以往任何时候都得意。

她常到马厩大院检查我们有没有偷懒,总说很难听的话,比如"你们活该""好好教训教训你们",或是"你们应该为自己感到羞愧",末了还喷两声,苦恼地叹口气。最后,她还不忘恶毒地挖苦妈妈几句:"不过,我想也不能全怪你们,毕竟你们有这样一个妈妈,是不是?"

圣诞夜到了,我们受的惩罚终于结束了。我们向伯莎告别,最后一次沿着上校的私人车道跑回家,嘴里发出响亮的嘘声。我们回到小屋,发现等着我们的是我们一直希望得到的最好的圣诞礼物。我们进了门,莫莉正坐在那里朝我们微笑。她脸色苍白,但她回到了我们身边。我们又在一起了。她的头发剪短了。不知怎的,辫子不见后,她的样子产生了很大的变化。她不再是个小姑娘了,有了一种不同的美,这种美立刻在我心中激起了全新的爱恋,比以往更为强烈。

我想,在不知不觉当中,我在不断地把自己与莫莉、查理做比较,以此来判断自己是否成长了。一天又一天,我越来越痛苦地意识到,自己已经远远落后于他们了。我个子比他们小,动作比他们迟缓,我不喜欢这样,但我已经习惯了,可问题不止于此。问题是,在我看来,我们之间的差距越来越大,鸿沟越来越宽。后来,莫莉被调到了大个子班,这种差距真正显现了出来。我只能待在小屁孩班里,他们则在成长,还离我越来越远。不过我们依然一起在村里的学校上学,所以我并不介意,

至少我可以一直待在他们身边。我们一起步行去学校，像往常一样一起吃午饭，还一起去牧师家的食品储藏室，喝牧师妻子给我们端来的柠檬水，放学后，我们一起回家。

我整天都盼望着回家的"长途跋涉"，因为那时放学了，他们的其他朋友不在，而可怕的芒宁斯先生第二天才会见到，到时候再担心也不迟。我们飞奔下山，来到小河边，脱掉笨重的靴子，把疼痛的脚和脚趾解放出来。我们坐在岸边，在凉爽的水里摆动脚趾。我们躺在河边的野草和毛茛之间，仰望天空中疾驰的云彩，看乌鸦迎着劲风追逐一只嘎咕叫的秃鹫。玩够了，我们就沿着小河回家，脚踩得泥巴咯吱咯吱直响，还有泥巴从我们的脚指缝儿间溢出来。虽然现在回想起来很奇怪，但有一阵儿我很喜欢泥巴，喜欢泥巴的气味，喜欢身上沾着泥巴的感觉，喜欢在泥巴里嬉戏。但那段时光已经一去不复返了。

突然之间，就在我十二岁生日过后，最后嬉闹玩耍的时光也结束了。查理和莫莉离开了学校，只剩下了我一个人。我进入了芒宁斯先生的大个子班，我是怕他，但我更恨他。我每天都在恐惧中醒来。查理和莫莉双双在上校府里找到了工作，村里的人不是在上校府做工，就是在庄园做工。莫莉是侍候用餐、负责应门的客厅女仆，查理在犬舍和马厩照料狗和马，他很喜欢这份差事。莫莉不像以前那样经常来看我们了。和查理一样，她每周工作六天，所以我很少见到她。

查理和爸爸一样，晚上很晚才回家。他把外套挂在过去属于爸爸的衣钉上，把靴子放在外面的门廊里，爸爸生前都把靴子放在那里。冬天天寒地冻，他回到屋里，像爸爸一样，在灶底暖脚。那是我人生中第一次真正嫉妒查理。我也想把脚放在灶底，想做完体面的工作后回家，想像查理那样赚钱，不希望自己的说话声像麦卡利斯特小姐班上的小屁孩一样又高又尖。但最重要的是，我想继续和莫莉在一起。我希望三人组能重聚，一切回到从前。但没有什么是一成不变的。我就是在那时明白这个道理的。现在，这个道理已被我铭记于心。

晚上，我和查理一起躺在床上，查理现在是"呼呼大师"。我们再也不编故事了。现在，我只能在周日见到莫莉，她对我一如既往地好，但她对我太好了，太保护我了，对我来说更像个小妈妈，而不是朋友。我看得出，她和查理生活在另一个世界里。他们没完没了地谈论上校府里发生的是是非非和各种丑闻，谈论鬼鬼祟祟的"女狼人"。大约就在这个时候，他们完全放弃了"狼外婆"这个称呼，开始叫她女狼人。我第一次听到上校和女狼人的八卦，也是在这个时候。查理说他们两个有不可告人的关系，维持了很多年，已经闹得尽人皆知。因此，已故的上校夫人多年前才把她赶了出去。现在他们就像一对夫妇，由她来掌权当家。查理还说上校心情沉郁，有时整天把自己关在书房里，说厨师脾气不好，如果事情不照他说的做，他

就大发雷霆。我无法成为那个世界的一分子，我不属于那个世界。

我会给他们讲学校的生活，尽我所能吸引他们。我告诉他们，听说就因为芒宁斯先生不同意在学校生火炉取暖，麦卡利斯特小姐和他大吵了一架，说他这个人坏透了。在这一点上，她说对了。除非操场上的水洼结冰，或是我们的手指冷得没法写字，否则芒宁斯先生是不会生火的。他大声反驳她，说什么时候他觉得合适了，就会生火取暖，还说苦难是生活的一部分，受点苦有利于净化学生的灵魂。查理和莫莉装作很感兴趣，但我看得出来他们一点兴趣也没有。后来有一天在小河边，我转过身，看见他们手牵着手从我身边走开，沿着河边的水草丛散步。我们以前经常牵手，但那是我们三个人一起。我立刻意识到现在情况不一样了。我看着他们，突然感到一阵心痛。我想这既不是愤怒也不是嫉妒，更多的是失去的痛苦，是失去后体会到的深切的悲伤。

有些时候，三人组确实重聚了，只是次数太少，间隔太长。我还记得看见黄色飞机那天的情形。那是我们所有人第一次亲眼见到飞机。我们倒是听说过飞机，见过照片，但那天之前，我都不相信真有飞机这种东西，不相信它们真的会飞。毕竟，眼见为实。那天，我、莫莉和查理在河边钓鱼，能钓到小鱼就满足了，运气好的话或许可以钓到褐鲑鱼。我们答应过妈

妈不再去偷抓鲑鱼。

那是一个夏日的傍晚,我们正准备动身回家,远处突然响起了发动机的声音。一开始我们以为是上校的汽车,毕竟他那辆劳斯莱斯是方圆几英里内唯一的汽车。但我们同时意识到这种发动机的声音完全不同。那是一种断断续续的嗡嗡声,就像有一千只口吃的蜜蜂飞了过来。而且,这声音根本不是从路上传来的,而是来自头顶上方高处。随着一群鸭子惊慌起飞,上游传来了一阵嘈杂的嘎嘎声和水花飞溅的声音。我们从树下跑出来,想看清楚是怎么回事——居然是一架飞机!我们着迷地望着,只见飞机在我们上方盘旋,如同一只笨拙的黄色大鸟,宽大的机翼摇摇晃晃的,看起来很危险。戴着护目镜的飞行员从驾驶舱俯视着我们。我们疯狂地朝他挥手,他也朝我们挥手。接着,他越飞越低,越飞越低。河边草地上的牛群四散而去。飞机就要降落了,它颠簸着向前飞了一会儿,在离我们五十码远的地方停了下来。

飞行员没下飞机,但招手示意我们过去。我们没有犹豫。"发动机最好不要关掉!"他在轰鸣的发动机声中喊道,他大笑着,向上抬起护目镜,"不然,这该死的东西可能再也发动不起来了。听着,事实是我觉得自己有点迷路了。山上的那座教堂,是拉普福德教堂吗?"

"不是。"查理大喊着回答他,"这里是伊兹利,在圣詹姆

斯市。"

飞行员低头看了看地图。"伊兹利？你确定？"

"当然。"我们喊道。

"哎呀！那我的确迷路了。幸好降落了，是不是？感谢你们的帮助。我该走了。"他戴好护目镜，对我们笑了笑，"拿着。你们喜欢薄荷糖吧？"他伸出手，递给查理一袋糖果。"那么，再见了。"他说，"你们往后退。我走了。"

说完，他驾驶着飞机，摇摇晃晃地向树篱飞去，发动机噼噼啪啪地响着。我还以为他没法及时起飞，但他做到了，不过非常勉强，飞机的轮子碾过树篱顶部时，整个机身才拉起来，飞入了天空。他做了个急转弯，径直朝我们飞过来。我们根本来不及跑开，只好原地趴在草丛里。飞机带着一阵劲风，从我们上方飞过。等了一会儿，我们翻过身来，看到他已经飞到树梢上方，渐渐飞远。我们还能看到他还在笑着向我们挥手。我们看着他飞过伊兹利教堂的钟楼，飞向远方。他不见了，留下我们躺在他留下的寂静中大口喘着气。

我们在茂密的草丛里躺了一会儿，一面吃着薄荷糖，一面望着一只云雀在我们头顶上越飞越高。查理平分了飞行员给的糖果，每人拿到五颗，当然也给大个儿乔留了一份。

"那是真的吗？"莫莉低声问道，"是真的吗？"

"薄荷糖都在我们手里了。"查理说，"所以，肯定是真的，

不是吗？"

"从现在开始，每次吃薄荷糖，每次看到云雀，"莫莉说，"我都会想到那架黄色的飞机，想起我们三个，以及我们现在的心情。"

"我也是。"我说。

"我也是。"查理说。

村子里的大多数人都见到了那架飞机，但它降落时，只有我们三个在场，只有我们和飞行员说过话。我为此感到非常骄傲，事实证明我有些过于骄傲了。我在学校一遍又一遍地讲这个故事，一共讲过好几个经过修饰的版本，还给所有人看我的薄荷糖，好证明我说的都是真的。但一定是有人告发了我，不然芒宁斯先生不会在课堂上径直走到我面前，毫无理由地让我把口袋里的东西都掏出来。珍贵的薄荷糖还剩下三颗，他全都没收了。然后，他揪着我的耳朵，把我拽到教室前面，用他特有的方式拿尺子在我的指关节上抽了六下。他打我的时候，我一直盯着他的眼睛，把他瞪得不敢和我对视。不过这并不能减轻半分疼痛，我也肯定这不能让他对自己的所作所为感到内疚，但是，我默默做了反抗，走回课桌时，我感觉好了很多。

那天晚上，我躺在床上，指关节还隐隐作痛，我很想告诉查理学校里发生的事，但我知道，现在他觉得学校的事非常无聊，所以我什么也没说。但我躺在那里，越想我的指关节和薄

荷糖,就越想和他说说话。从他的呼吸声我能听出他还没睡。刹那间,我突然想到,也许是时候把爸爸的事告诉他了,该说一说多年前我是如何在树林里害他惨死的。至少,这能叫他感兴趣。我很想说,却依然鼓不足勇气开口。最后我只告诉他,芒宁斯先生没收了我的薄荷糖。"我恨他。"我说,"但愿他吃薄荷糖时噎住。"在我说话的时候,我看得出查理没听进去。

"小托,"查理小声说,"我闯祸了。"

"你做了什么?"我问他。

"这次我有大麻烦了,但我是迫不得已的。还记得伯莎吗?就是上校府里那只白色的猎狐犬,我们喜欢的那只。"

"当然。"我说。

"从那以后,它一直是我的最爱。今天下午,上校来到犬舍,告诉我……他居然告诉我他要开枪打死伯莎。我就问他为什么。他说它老了,动作还有点迟缓。每次他们出去打猎,它总是单独跑掉,每次都迷路。他说它不能去打猎,对任何人都没用了。我叫他别这么做,小托。我说它是我的最爱。'最爱!'他笑着说,'最爱?你居然还有最爱?净说场面话,还真是多愁善感呢。它就是一只笨头笨脑的畜生。小子,别忘了这一点。'小托,我求他发发慈悲。我说他不应该这么做。说到这里,他开始大发雷霆。他说猎狐犬是他的,他想什么时候开枪打死它们,就什么时候开枪,还要我别多嘴。你知道我做

了什么吗,小托?我把伯莎偷走了。天黑以后,我牵着它一起穿过树林跑了,免得被人发现。"

"它在哪儿?你怎么安置它的?"我问。

"还记得爸爸在福特林场用过的那个护林人小屋吗?我把它关在里面过夜,还给了它一点吃的。是莫莉悄悄从厨房顺出来的一些肉。它在那里不会有事的。运气好的话,不会有人听到。"

"可明天你要怎么办?要是上校发现了呢?"

"我不知道,小托。"查理说,"我不知道。"

那天晚上我们几乎没合眼。我躺在那里,一直在留意有没有伯莎的叫声,每次睡着后,都以为听到伯莎在叫,会突然醒来,但事实证明那是一只狐狸发出的尖啸。有一次,还有只猫头鹰在我们窗外咕咕叫。

零点二十四分

　　我在这里从没见过狐狸。想来这也没什么可奇怪的。但我听到过猫头鹰的声音。至于鸟儿在这样的环境中如何生存,我实在不得而知。我甚至在无人区看到过云雀。而这,总能带给我希望。

　　"他一定会发现的。"黎明时分,查理在床上小声对我说,"他们一发现伯莎不见了,上校就会想到是我干的。我绝对不会把伯莎的下落告诉他。他想怎么样随便他,反正我决不会说的。"
　　我和查理默默地吃着早餐,希望无可避免的风暴不要到来,但我们心里清楚,该来的迟早会来。大个儿乔感觉到了不对劲,他总能感觉到空气中弥漫着的焦虑气息。他晃来晃去,连早餐都不碰。于是妈妈也知道出事了。妈妈一旦起了疑心,就很难

应付过去，想对她有所隐瞒是不可能的，而我们又不太擅长隐瞒，尤其是那天早上。

"莫莉要过来吗？"她试探地问道。

突然有人用力地敲门，完全没有停下的意思。她马上就知道来的不是莫莉。莫莉不会这么早上门来，也不会那样敲门。此外，我想她已经从我和查理的脸上看出我们在等一个不受欢迎的客人。正如我们所担心的，来的是上校。

妈妈邀请他进屋。他站在那里瞪着我们，紧紧地抿着嘴，气得脸色苍白。"我想你们知道我为什么来，皮斯弗太太。"他说。

"不，上校，我并不清楚。"妈妈说。

"这么说，那个小坏蛋还没有告诉你。"他开始大喊大叫，朝查理挥舞着手杖。大个儿乔抽泣起来，紧紧抓住妈妈的手。上校还在咆哮。

"你家小子就是个卑鄙的小偷。他先是从我的河里偷鲑鱼。现在，他受雇于我，我还对他委以重任，他居然偷走了我的猎犬。别否认，小子。我知道是你干的。它在哪里？在这里吗？在不在？"

妈妈望着查理，要他给个解释。

"他要开枪打死它，妈妈。"他赶紧说，"我必须这么做。"

"你看！"上校吼道，"他承认了！他承认了！"

大个儿乔号啕大哭起来,妈妈抚摸着他的头发,试图安慰他。"所以你是为了救那条狗才带走它的,对吗,查理?"

"是的,妈妈。"

"你不应该那样做,查理,是不是?"

"是的,妈妈。"

"你能告诉上校你把它藏在什么地方了吗?"

"不能,妈妈。"

妈妈想了一会儿。"我想也是。"她直视着上校说,"上校,你要射杀那只狗,大概是因为它对你没有用处了,我是说,作为一只猎狐犬,它对你已经毫无用处了。我这样说没错吧?"

"没错。"上校答,"但是,我怎么对待我的牲畜,为什么这样做,都与你无关,皮斯弗太太。我不需要向你解释。"

"当然不需要,上校。"妈妈轻声说,她的语气几乎算得上温柔了,"但反正你都要杀掉它了,那么你不会介意把狗给我,由我来继续养它吧?"

"你爱怎么处置那只该死的狗就怎么处置。"上校厉声说道,"就算你把它炖了吃了,也与我无关。但你儿子把它从我身边偷走了,我决不会善罢甘休,一定要让他吃吃苦头。"

妈妈吩咐大个儿乔取来壁炉台上的钱罐。"给你,上校。"她说着平静地从钱罐里拿出一枚硬币递给他,"六便士。我要用六便士从你手里买下那条狗,对于一条没用的狗来说,这个

价格不算低了。这样就不算偷了吧？"

上校震惊不已。他看看手里的硬币，又看看妈妈，随后又看了看查理，呼吸变得十分粗重。他恢复了镇静，把那六便士装进马甲口袋，用手杖指着查理说："很好，但你可以考虑不再为我工作了。"说完，他转身走了出去，砰的一声关上了门。我们听见他沿小路走远的脚步声，接着，前院门吱嘎一声关上了。

我和查理欣喜若狂，大大松了口气，心里充满了感激和钦佩。我们有一个多么伟大的妈妈啊！我们大声欢呼。大个儿乔也开心了起来，一边在厨房里疯狂地蹦蹦跳跳，一边唱起了《柑橘与柠檬啊》。

"真不知道你们有什么好高兴的。"等我们都冷静下来后，妈妈说，"你知道你刚丢了工作吧，查理？"

"我不在乎。"查理说，"他那破工作还是给自己留着吧，我可以找别的事做。那个愚蠢的老顽固拿你一点办法也没有。现在伯莎归我们了。"

"那只狗到底在哪儿？"妈妈问。

"我带你们去看。"查理说。

等莫莉来了，我们一块去了福特林场。来到棚屋附近，我们听到伯莎在嚎叫。查理跑在前面，打开了门。它一出来，就蹦着跳着扑向我们，高兴得汪汪叫，摇着尾巴拍打我们的腿。

它跳起来扑向我们所有人，舔它能舔的所有东西，不过它立刻就对大个儿乔产生了特别的依恋。那以后，大个儿乔无论去哪儿，伯莎都跟着，晚上甚至睡在他的床上。不管妈妈怎么反对，大个儿乔都坚持这么做。大个儿乔爬到高高的苹果树上为它唱歌，伯莎就坐在树下冲他汪汪叫。他一唱歌，它就汪汪叫，好像是在跟着唱。就这样，大个儿乔再唱《柑橘与柠檬啊》时，就有了伴奏，做任何事也都有了个伙伴。他们时刻形影不离，他给伯莎喂食，给它梳理毛发，清理它留下的小便（不像尿坑，倒像片湖泊）。大个儿乔找到了新朋友，他高兴极了。

查理跑遍了教区所有的农场找工作，终于在几周后，在村子另一头的考克斯农场当上了挤奶工兼牧羊人。他天不亮就骑自行车去挤牛奶，回家也很晚，所以我见到他的时间更少了。他在那里工作要开心得多。他喜欢牛和羊，虽然他说羊有点呆头呆脑。他说，最棒的是，再也没有上校和女狼人整天盯着他了。

但我和查理一样，一点也高兴不起来，因为莫莉突然不来了。妈妈说肯定只有一个原因。一定是有人散布谣言说查理·皮斯弗是个小偷，所以她的家人就不允许她来皮斯弗家了。妈妈认为只有上校或女狼人会造谣，也可能是他们两个一起造谣。她说查理应该冷处理一段日子，过段时间莫莉一定还会来的。但查理不听。他一次又一次地去莫莉家，他们甚至不应门。

最后，他认为我更有可能见到莫莉，便派我带着信去找她。他说，无论如何，我必须想办法把信交给她，嘱咐我务必办到。

莫莉的妈妈在门口怒气冲冲地看着我。"走开。"她对我喊道，"快点走开！怎么还不明白？你们这种人在这里不受欢迎。我们不希望你们来打扰我家莫莉。她不想见你们了。"说完，她关上了门，把我拒之门外。我正要走开，忽地想起查理的信还在口袋里，这时我碰巧回头看了一眼，正好看见莫莉在窗边向我猛挥手。她用口型说着什么，一开始我完全不懂她的意思，于是她朝我打手势，指着山下的小河。这下，我立即知道她要我做什么了。

我跑到小河边，在我们经常一起钓鱼的树下等着。没过多久，她来了。她二话没说，拉着我的手，把我带到河堤下，以防被人看见。她哭着把一切都告诉了我：上校去了她家，她偷听到上校对她爸爸说查理·皮斯弗是个小偷，他听说查理·皮斯弗经常和莫莉见面，肯定会近墨者黑，他还说，假如莫莉的爸爸还有点理智的话，就该阻止他们来往。"所以爸爸不让我再见查理，也不让我见你们一家。"莫莉一边讲一边抹眼泪，"小托，不能见你们，我很难过。查理不在，我根本不想去上校府做工，我也不喜欢回家。要是我见查理，爸爸就用皮带抽我。他说如果查理敢靠近我，他就拿枪把查理打死。我想他这话不是说着玩的。"

"为什么？"我问，"他为什么要这样做？"

"他向来就是这样一个人。"她说，"他说我很邪恶，生来就带着一身罪孽。妈妈说他只是想把我从自我毁灭中拯救出来，这样我就不会下地狱。他张口闭口都是地狱。小托，我不会下地狱的，对吧？"我想都没想就做了接下来的事——我俯身吻了吻她的脸颊。她搂住我的脖子失声痛哭，好像心都要碎了。"我太想见查理了。"她哭道，"我非常想念他。"这时我才想起要把信交给她。她把信拆开，马上读了起来。想必信并不长，她很快就读完了。"告诉他是的。是的，我会的。"她说，眼睛突然又明亮起来。

"只说'是的'？"我好奇地问，心里又是困惑，又是嫉妒。

"是的。明天同样的时间，同样的地点，我会给你一封回信，你带给查理，好吗？"她站起来，也把我拉了起来，"我爱你，小托。我爱你们两个，还有大个儿乔，还有伯莎。"她迅速吻了我一下就走了。

这是第一封信，而在接下来的几个星期乃至几个月里，我为查理和莫莉传递了几十封信。在我上学的最后一年，我成了他们的中间人，为他们传信。我不太介意，毕竟我可以经常见到莫莉，这对我来说才是最重要的。这一切都在秘密进行，是查理坚持这么做的。他让我对着《圣经》发誓不告诉任何人，

就连对妈妈也不能说。他还让我对天起誓。

我和莫莉大多数晚上都在同一个地方见面交换信件，也就是在小河边，还要确认没人跟踪。我们在那里坐下来聊上宝贵的几分钟，常有雨水从树上滴落下来。我记得有一次，狂风在我们周围呼啸，我都觉得树会倒在我们身上。我们担心自己小命不保，就跑过草地，钻进一个干草堆的底部，坐在那里瑟瑟发抖，像两只受惊的兔子。

正是在这个草堆里，我第一次听到了战争的消息。莫莉只要一开口，十有八九都是谈查理，打听他的消息。我从没向她表示过我介意，但我确实很介意。所以那天，当她告诉我这些天上校府的人开口闭口谈的都是对德战争，每个人都认为战争迟早会发生时，我很高兴。她在报纸上看到过这件事，所以她知道一定是真的。

莫莉告诉我，她每天早上的工作是把《泰晤士报》熨烫平整，送到上校的书房。显然，他坚持一定要把报纸熨烫得又脆又干，这样当他阅读时，墨水才不会沾到他的手指上。她承认，她并不明白这场战争到底是怎么回事，只知道某个大公（天知道是什么人）在萨拉热窝（天知道是什么地方）遭到了枪杀，因为这件事，德国和法国都很生气，觉得是对方的错。他们正在集结军队，准备开战，要是他们打起来，我们英国很快也将参战，因为我们必须站在法国那边对抗德国。至于为什么，她

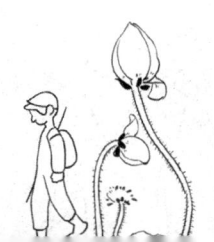

也说不清。我和她一样,也不明白是怎么回事。她说上校为了这件事心烦意乱,府里人人都觉得比起战争,心情糟糕的上校更可怕。

但显然,和女狼人(不仅仅是我们,现在每个人都这么叫她)比起来,上校简直就像羔羊一样温柔。莫莉说,好像有人在她的茶里放了盐而不是糖,她就信誓旦旦地说人家故意整她——也许确实如此。从那以后,她就一直在大谈特谈这件事,告诉所有人她一定会查出那人是谁。与此同时,她对每个人都像对罪犯一样。

"是你干的吗?"我问莫莉。

"也许是。"她笑着说,"也许不是。"我想再吻她一次,但我不敢。这始终是我的烦恼。我这人一向缺乏勇气。

我还没离开学校,妈妈就把一切都打点好了。我要去考克斯先生的农场和查理一起工作。考克斯先生上了年纪,又没有儿子,所以需要更多的帮手。查理说,考克斯先生有点过于好酒。事实确实如此。他大多数晚上都待在酒馆里。他喜欢喝啤酒、玩撞柱戏,还喜欢唱歌。他知道每一首老歌,那些歌印在他的脑海里,但只有几杯啤酒下肚之后,他才开口唱。所以他从不在农场唱歌。他在农场里总是脸色很阴沉,但他向来公平,非常公平。

一开始，我的主要工作是养马。对我来说，这再好不过了。我又和查理在一起了，和他一起在农场干活。我长得很快，现在几乎和他一样高了，却依然跑得不如他快，也不如他强壮。他有时支使我干这干那，不过我不以为意——毕竟这是他的权利。我们之间的关系正在发生变化。查理不再把我当小男孩看待了，我喜欢这样，喜欢极了。

战争打响了，报纸上刊登的都是相关报道，但除了军队来村里买了许多农场的马作为骑兵的战马之外，我们几乎没有受到任何影响。反正暂时还没有。我仍在为查理和莫莉送信，我经常能见到莫莉，只是不像以前见得那么多。不知出于什么原因，他们之间的通信不那么频繁了，但至少我每周和查理一起工作六天。可以说，通过书信，我们三个人又以某种方式相聚了。后来，这种联系被残忍地打破了。随后发生的事让我伤心欲绝，让我们所有人的心都碎了。

我记得那天我和查理与考克斯先生一起割晒干草，秃鹫的幼鸟在我们头顶盘旋，燕子掠过我们周围修剪过的草地，随着阴影变长，夜幕降临了。我们回家比平时晚，满身尘土，筋疲力尽，肚子都快饿瘪了。在屋里，我们发现妈妈端端正正地坐在椅子上做针线活儿，莫莉坐在她对面，而令我们惊讶的是，她妈妈竟然也在。房间里的每个人都像莫莉的妈妈一样脸色阴

沉，甚至大个儿乔和莫莉也是，我能看出莫莉的眼睛哭红了。伯莎在外面的柴棚里嚎叫，让人觉得不妙。

"查理，"妈妈说着把针线活儿放到一边，"莫莉的妈妈一直在等你。她有话对你说。"

"想必这些都是你的吧。"莫莉的妈妈说，她的声音像石头一样坚硬，她递给查理一包用蓝丝带扎着的信，"是我发现的，每一封我都看过了，莫莉的爸爸也是。所以我们知道是怎么回事，一切都很清楚。不要费心去否认，查理·皮斯弗。证据就在这里，这些信就是证据。莫莉已经受到了她爸爸的惩罚。我这辈子还没读过这么邪恶的东西，从来没有。净是些情呀爱呀的，实在恶心。但你们一直也有见面，是不是？"

查理看向莫莉。他们的眼神说明了一切，这时，我猛然意识到这事儿他们一直瞒着我。

"是的。"查理说。

我简直不敢相信他的话。他们居然没有告诉我。他们一直在偷偷见面，却没告诉我。

"听到了吧！真是被我料中了，皮斯弗太太。"莫莉的妈妈继续说下去，她气得声音都颤抖了。

"对不起。"妈妈说，"但你还是得告诉我他们为什么不能见面。查理十七岁，莫莉十六岁。我得说，他们够大了。我敢肯定，我们像他们这么大的时候，也会出去约会。"

"你只说你自己好了，皮斯弗太太。"莫莉的妈妈傲慢地讽刺道，"我和莫莉的爸爸对他们两个都说得很清楚。我们禁止他们之间有任何来往。这太邪恶了，皮斯弗太太，是彻头彻尾的邪恶。你知道，上校警告过我们，说你儿子犯下了邪恶的偷窃行为。是的，我们很清楚他的底细。"

"真的吗？"妈妈说，"那么告诉我，是不是上校说什么，你们就做什么？你们总是和上校的想法保持一致？如果他说地球是平的，你们也相信？还是他威胁了你们？他倒是很擅长干这种事。"

莫莉的妈妈站了起来，满腔义愤。"我不是来跟你争论这个问题的。我是来揭露你儿子的不端行为的。我是来宣布，我不能由着他把我们的莫莉带到邪恶和罪恶的道路上去。决不允许他再见她，听清楚了吗？不然的话，我们就去告诉上校。你听好了，上校一定会知道。我没什么可说的了。走吧，莫莉。"她紧紧握住莫莉的手，大摇大摆地走了出去，留下我们大家听着伯莎的嚎叫面面相觑。

"好吧。"过了一会儿，妈妈说，"我去准备晚饭，孩子们。"

那天晚上，我躺在查理身边，一句话也不说。我生他的气，心里很是怨恨他，再也不想和他说话了，也不想和莫莉说话了。他打破了沉默，说："好吧，我应该告诉你的，小托。莫莉说我应该告诉你。但我不想这么做。我不能，就是这样。"

"为什么?"我问。他好一会儿没有回答。

"因为我知道,她也知道。所以她才不能亲自告诉你。"查理说。

"知道什么?"

"起初只是写信,其实也没什么要紧的。可后来,我们开始见面……我们不想瞒着你,小托,真的。但我们也不想伤害你。你喜欢她,是不是?"我没有回答。没有这个必要。"我也是,小托。所以你明白我为什么去见她。不管那个老太婆怎么说,我还是会想方设法去见她。"他转向我,"我们还是朋友吗?"

"还是朋友。"我喃喃地说,但我并不情愿。

从那以后,我们再也没有谈起莫莉。我从来不问,因为我不想知道。我甚至根本不愿意想起这件事,可我还是会想。她的倩影占据了我的全部思绪。

谁也不知道为什么,但在这之后不久,伯莎就开始时不时地失踪。在此之前,它从未走失过,时刻都跟在大个儿乔身边。无论大个儿乔在哪里,你一定能在他身边找到伯莎。它每次走失,大个儿乔都担心得发疯。当然,最后它想回家了,就会回来,有时的确是它自己回来,还有时是妈妈和大个儿乔找到了它,它浑身湿漉,沾满烂泥,彻底迷了路,他们就把它带回家。但我们最担心它去追赶羊或牛,那样的话,有些农夫或农场主

一定会开枪把它打死,就像他们射杀任何擅闯他们土地、可能攻击牲畜的狗一样。幸运的是,伯莎似乎没有去追羊,而且到目前为止,它从来没有出去太久,也没有走得太远。

我们尽了最大努力不让它走失。妈妈把它关在柴棚里,但大个儿乔受不了它嚎叫不止,就把它放出去。妈妈还把伯莎拴起来,但它一直咬绳子,不停地哀嚎,最后大个儿乔同情心起,便走过去给它松绑。

后来,一天下午,伯莎又失踪了。这次它没有回来。我们找不到它了。查理当时不在家。妈妈带着大个儿乔去河边找,我则去了树林,吹着口哨呼唤它。福特林场有鹿,也有獾和狐狸。它可能逛到那里去了。我在林子里找了一个多钟头,却连它的影子都没见到。我正要放弃回去,心想它可能回家了。突然,我听到山谷那边传来一声枪响,是从树林里地势较高的地方传来的。我沿着小路狂奔,弯腰躲开低矮的树枝,跳过獾洞,心里很害怕,但对于会看到什么,我已经心中有数。

我爬上山坡,爸爸那栋旧棚屋的烟囱出现在我前方,接着,我看到了位于空地边缘的小屋。伯莎躺在屋外,舌头耷拉着,鲜血浸透了它身旁的草地。上校站在那里低头看着它,手里握着猎枪。小屋的门开了,查理和莫莉站在里面,呆若木鸡,既不敢相信,又面露惧色。莫莉跑到伯莎躺着的地方,跪了下来。

"为什么?"她抬头望着上校喊道,"为什么?"

临近零点五十五分

外面挂着一弯新月。不知道他们在家里是不是也在望着月亮。我记得伯莎过去常常对着月亮嚎叫。假如我口袋里有一枚硬币,我一定把它翻过来许个愿。我小时候诚心相信那些古老的传说,真希望我现在依然能相信。

但我不能有这种想法。对月亮许愿是没有用的,为了不可能成真的事而许愿,一点好处也没有。不要许愿,小托。还是回忆吧。记忆才是真实的。

那天,我们把伯莎埋在了大个儿乔埋宠物的"墓地",也就是果园深处埋过老鼠的地方。但这次我们没有祈祷,没有摆花,也没唱赞美诗。不知怎么的,我们都没有心情这么做。也许我们太愤怒,根本顾不上伤心。之后,我们穿过山林往回走,大个儿乔向上指着问妈妈,伯莎现在是不是和爸爸一起在天堂。

妈妈说是的。大个儿乔又问我们死后是否都将上天堂。

"上校不能。"查理喃喃地说,"他会去下面,去他该去的地方,在那里忍受烈焰焚身。"妈妈听了,狠狠地瞪了他一眼。

"是的,乔。"她用胳膊搂着他,继续说,"伯莎在天堂,现在很幸福。"

那天傍晚,大个儿乔失踪了。起初我们并没有担心,当时天还亮着,尚未彻底黑下来。大个儿乔经常一个人出去闲逛,他向来如此,但他怕黑,从不在晚上出门。我们首先想到去果园里伯莎的坟墓那儿去找,但他不在那儿。我们呼喊他的名字,他还是没有出现。夜幕降临,他还没有回家,我们意识到出事了。妈妈让我和查理去不同的方向找。我沿着小路边走边叫他的名字,一直来到小河边,站在那里仔细听是否有他沉重的脚步声和歌声。他一害怕,连歌声都会变,曲不成调,还唱不出歌词,很像一种连续的哀号。但我听不到哀号声,只有在夜晚显得尤为响亮的水流声。此时天已经黑得伸手不见五指,我知道大个儿乔一定很害怕。我往家走,抱着一线希望,盼着查理或妈妈已经找到他了。

我走进屋里,一眼就看出他们并没找到他。我进来时,他们满怀希望地抬头看着我,我摇了摇头。在随之而来的沉默中,妈妈做出了决定。我们别无选择,她说。最重要的是找到大个儿乔,所以需要找更多人帮忙。她马上就去上校府向上校求

助,还派我和查理去村里找人。我们知道最好去酒馆,村里有一半人晚上都在公爵酒馆。我们到那里时,他们正在唱歌,考克斯先生的歌声很洪亮。查理向他们讲了事情经过。他讲了好一会儿,吵闹声和歌声才平息下来。大家安静地听他讲完。然后,众人没有犹豫,立即戴上帽子,穿好外套,返回各自的农场、花园和小屋去找大个儿乔。牧师说他要把所有能召集到村公所的人组织在一起,进行全村搜索,大家一致同意,约定只要有人找到大个儿乔,就拉响教堂的钟声通知大家。

众人在公爵酒馆外四散开来,走入夜色中。这时莫莉跑了过来。她刚刚才听说大个儿乔的事。她认为他可能在教堂墓地附近。我不知道我们为什么早没想到,毕竟那一直是他最喜欢的地方之一。于是我们三个向教堂墓地走去,大声呼喊他,检查了每一块墓碑后面,每一棵树上,却不见他的身影,只能听到风拂过紫杉,发出一声声叹息。我们看到村里灯光闪烁,亮光遍布整个山谷。远处,直到漆黑的地平线,到处都布满了点点移动的灯光。我们知道,妈妈一定说服了上校,他动员庄园里的人都加入了搜索。

天亮了,还是没有大个儿乔的消息,连他的影子都没找到。上校叫来了警察,随着时间的推移,一切都指向同一个可怕的结果。我们看到警察用长杆子插进池塘和河水里搅动。大家都知道大个儿乔不会游泳。就是在这个时候,我开始相信最糟糕

的事可能真的发生了。没人敢把这份担心宣之于口，但我们所有人都感觉到了，也觉察出了别人心里的恐惧。我们又去已经搜索过几次的地方找。所有关于大个儿乔失踪的其他解释都被逐一否定。就算他在什么地方睡着了，现在也该醒了。即便他迷路了，现在有几百人在找他，也总该有人能找到他。我遇到的每个人都脸色苍白，表情严肃。所有人都尽力露出微笑，但没有人敢直视我的眼睛。我知道已经不是担心那么简单了。情况恶化了。人们的脸上流露出绝望的神情，那种毫无希望的感觉他们无论如何都掩饰不住。

大约中午时分，我们想着大个儿乔可能自己找到路回家了，便回家去看看，却见到妈妈独自坐在家里，紧紧抓着椅子扶手，凝视着前方。我和查理试着让她振作起来，尽我们所能让她放心。在我看来，我们的话根本没有说服力。查理给她泡了一杯茶，但妈妈碰都不碰。莫莉走过去坐在她脚边，把头靠在她腿上。妈妈的脸上总算浮现出一丝微笑。在我们不能安慰妈妈的时候，莫莉却能做到。

我和查理离开她们，去了外面的花园。我们抱着仅存的一点希望，试着回想当时的情况，想弄清楚大个儿乔到底在想什么，才会一去不回头。假如我们能明白他为什么离开，说不定就能想到他去了哪里。他是不是在找什么东西，一样他丢了的东西？是什么呢？他去见什么人了吗？如果是，他去见谁了？

我们都很确定他的突然失踪一定与伯莎的死脱不开干系。前一天，我和查理很想去上校府干掉上校，让他为自己所做的一切付出代价。我们觉得大个儿乔或许也是这么想的。说不定他是去给伯莎报仇了。也许他躲在上校府的阁楼或地窖，等待时机出手。但我们意识到，即使我们把自己想到的各种可能说出来，别人听来也只会觉得是无稽之谈。大个儿乔连想都不会想复仇这种事。他这辈子从没生过任何人的气，甚至不生女狼人的气，虽然他有足够的理由憎恨她。他很容易受到伤害，但他从不生气，当然也从不使用暴力。我和查理一次又一次地为大个儿乔的失踪提出新的设想，想出不同的理由。但最后，我们不得不认为自己是异想天开，一一予以了否定。

过了一会儿，我们看到莫莉从花园向我们走来。"我一直在琢磨，"她说，"我一直在琢磨大个儿乔最想去哪里。"

"什么意思？"查理问道。

"我想无论伯莎在哪里，他都想去。如此看来，他想去天堂，对不对？我是说，他以为伯莎在天堂，不是吗？我听到你妈妈告诉过他的。所以，如果他想和伯莎在一起，他就得上天堂。"

在可怕的刹那，我还以为莫莉是在暗示大个儿乔自杀了，好上天堂和伯莎在一起。我不愿意相信，但这个恐怖的说法有一定的道理。接着，她做了解释。

"有一次他告诉我,你爸爸在天堂,很容易就能看到我们。"莫莉继续说,"我记得他当时指着上面,我不太明白他到底想告诉我什么,反正一开始不明白。我以为他指的是天空,也可能是指鸟。但他拉着我的手,让我和他一起指,好叫我知道他指的是什么。我们指的是教堂的钟楼。这听起来很傻,但我认为大个儿乔相信天堂就在教堂的钟楼。有人上去看过吗?"

就在她说话的时候,我猛地想起埋葬爸爸那天,大个儿乔也指过教堂的钟楼,离开时,他还回头看了看钟楼。

"小托,我们去看看。"查理说,"莫莉,你陪着妈妈好吗?有好消息的话,我们就敲钟。"我们跑过果园,爬过树篱上的一个洞,穿过田野朝小河跑去,这是到村里最快的路。我们踩着水花穿过小河,跑过河边草地,向山上的教堂跑去。我费了很大的劲,才跟上查理的步伐。我一边跑一边不停地抬头望向钟楼,同时催促自己的腿继续跑,跑快点,祈祷大个儿乔在他的天堂里。

查理比我先到达村子,在我前面沿着小路冲向教堂,不料他在鹅卵石上滑了一跤,重重地摔倒在地上。他坐在那里一边咒骂一边抱紧腿,等我赶上来。接着,他大喊起来,我也扯着嗓子喊:"乔!乔!你在上面吗?"没人回答。

"上去看看,小托。"查理说,他疼得龇牙咧嘴,"看来我

的脚踝扭伤了。"我打开大门，走进寂静黑暗的教堂，擦着拉钟绳跑了过去，轻轻地打开了钟楼小门。我听见查理在大喊："他在上面吗？他在上面吗？"我没有回答，专心爬上弯弯曲曲的楼梯。我上过钟楼，但那还是很久以前上主日学校时的事了。甚至在我更小的时候，在耶稣升天日的黎明，我还随着唱诗班在上面唱过圣歌。

　　我以前就害怕那些楼梯，现在对它们更是憎恶。只有稀少的阳光从狭长的窗户透进来。四周的墙壁黏糊糊的，楼梯也不平整，很滑。寒冷、潮湿和黑暗包围着我，在我摸索着向上的时候，一阵阵寒意向我袭来。经过悬吊着的寂静无声的大钟，我衷心希望它们中的一个很快就将响起。我知道楼梯有九十五级。每跨上一级，我都希望可以一步登顶，再次呼吸清新的空气，可以找到大个儿乔。

　　通往钟楼的门很结实，很难打开。我用力一推，门猛地开了，风立即灌了进来。我穿过大门，来到温暖宜人的阳光下，有些睁不开眼。一开始我什么都看不见。但过了一会儿，我看到了他。大个儿乔蜷着身子躺在护墙的阴影下，睡得很熟，拇指像往常一样含在嘴里。我不想突然上前惊醒他，便只是碰了碰他的手，他没醒。我又轻轻地摇了摇他的肩膀，他纹丝不动。我摸摸他，发现他浑身冰冷，脸色死一般地苍白。我不确定他是否还有呼吸，查理从下面向我喊。我又摇了摇大个儿乔，这

次很用力,我害怕极了,一时慌了神,便对他尖叫起来:"醒醒呀,乔。老天,快醒醒!"我当时以为他不会醒了,以为他来这里就是为了寻死。他知道只有死后才能上天堂,而天堂正是他想去的地方,他想再和伯莎在一起,也想和爸爸在一起。

过了一会儿,大个儿乔突然动了动,我简直不敢相信。他睁开眼睛,脸上浮现出了笑容。"哈,小托。"他说,"啊喂。啊喂。"这是我听过的最动听的语言。我一跃而起,身子探出护墙。查理在教堂的小路上抬头望着我。

"我们找到他了,查理。"我朝下喊道,"我们找到他了。他在这里,他很好。"

查理挥舞着拳头,一遍又一遍地欢呼着。当看到大个儿乔站在我身边向他挥手时,他叫得更响了。"查理!"大个儿乔喊道,"查理!"

查理一瘸一拐地跳着进了教堂。不一会儿,巨大的低音钟的钟声就响彻了全村,惊走了栖息在钟楼里的鸽子,它们四散开来,飞过房屋和田野。和鸽子一样,我和大个儿乔也被这种强烈的声音镇住了。钟声冲击着我们的耳朵,连脚底都能感觉到钟塔的震动。大个儿乔被这雷鸣般的叮当声吓坏了,突然显得很焦急,用手捂着耳朵。可他一看到我在笑,他也笑了。大个儿乔一把把我抱住,抱得那么紧,我都要喘不过气了。他唱起了《柑橘与柠檬啊》,我也唱了起来,一边唱一边掉眼泪。

我想让大个儿乔跟我一起下来，但他想留下，从护墙向每个人挥手。人们从四面八方赶来，芒宁斯先生和麦卡利斯特小姐也带着所有的学生，从校园涌出来，朝教堂走来。我们看见上校沿着路开车来了，还能依稀分辨出戴着软帽的女狼人坐在他旁边。最棒的是，我们看到莫莉骑着自行车载着妈妈向山上骑来，还朝我们挥手。查理仍在敲钟，我能听到他每敲一下，就朝下面欢呼一声，我想象着他整个人悬在拉索上，在半空中来回摆荡。大个儿乔仍在唱歌。雨燕在我们周围飞翔，俯冲，尖啸，完全沉浸在活着的纯粹喜悦中，在我看来，它们也在庆祝大个儿乔还活着。

一点二十八分

我曾在主日学校听人说，教堂塔楼直插云霄，就是在昭示天堂的存在。法国的教堂塔楼是不一样的。我远离家乡，加入这场世界大战，来到这里后，我首先注意到的便是教堂塔楼之间的差别。相比之下，英国的教堂塔楼是那么低矮，隐藏在山峦起伏的田野中。这里的田野则一马平川，连座小山丘都看不见。法国人的教堂塔楼带有尖顶，指向天际，像一个孩子在课堂上举起手，渴望被注意到。然而，即便上帝真的存在，他也不会注意这里的一切。他早就抛弃了这个地方和我们所有在这里的人。如今已经没剩多少尖塔了。我见过阿尔伯特的尖塔，它已然倒塌，如同一个被背弃的诺言。

现在我想起来了，正是由于一个被背弃的诺言，我才会来到这里，来到法国，现在又到了这个干草仓。那只老鼠回来了。这很好。

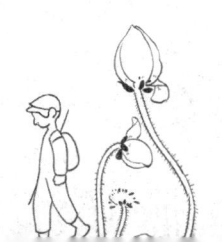

在找到大个儿乔后一段不长的时间里，所有昔日的伤害和怨恨似乎都突然得到了原谅和遗忘。在法国爆发的战争也被遗忘了。那天，人们张口闭口说的都是寻找大个儿乔和最后圆满的结局。就连上校和女狼人也在公爵酒馆和我们一起庆祝。莫莉的父母也在，和其他人一起庆祝，还面带微笑，尽管作为恪守教规的教徒，他们滴酒不沾。在那之前，我从没见过莫莉的妈妈笑。上校还宣布大家的酒钱都由他来付。没过多久，才喝了几品脱[①]啤酒的考克斯先生就唱起了歌。我们离开时，他还在唱。到这个时候，他的歌已经有点粗俗了。我站在酒馆外面，妈妈则过去感谢上校伸出援手。上校甚至提出让我们都搭他的劳斯莱斯回家！皮斯弗一家居然坐在上校汽车的后座，女狼人坐在前面，多么友好的画面啊！简直不可思议，毕竟这么多年来我们一直互有嫌隙。

在回家的路上，上校打破了这份美好，他谈起了战争，说军队应该多派骑兵去法国。

"有马才有枪。"他说，"得按这个顺序来。我们就是这样在南非打败了布尔人。他们就该这么办。我要是年轻几岁，就亲自上阵了。皮斯弗太太，他们很快就将征召能找到的每一匹

---

① 英制容积单位，1品脱约为0.57升。——编者注

马,也会征召所有年轻男子。那里的战况并不顺利。"

在院门前,他搀扶我们下车,妈妈再次向他道谢。上校摸了摸帽子回礼,还笑了笑。"别再跑丢了,年轻人。"他对大个儿乔说,"你把我们都吓坏了。"临走前,就连女狼人也愉快地向我们挥手道别。

那天晚上,大个儿乔开始咳嗽。他感冒了,还得了肺炎,发烧卧床了好几个星期,妈妈担心极了,几乎寸步不离地照顾他。

待到大个儿乔病情好转,他失踪的事早已被人遗忘,报纸都在报道在法国马恩河的一场惨烈大战。我们的军队拼命想阻止德军深入法国,正与德军激烈交火,战况胶着。

一天晚上,我和查理下班回家有点晚了,像往常一样,我们半路上去公爵酒馆喝了一杯。我记得,在那些日子里,我不得不假装喜欢啤酒。事实上我很讨厌啤酒,但我喜欢有人做伴。查理也许在农场对我颐指气使,但下班后,在公爵酒馆,他从不把我当作十五岁的孩子,虽然有些人的确这样做。我不能让他们知道我讨厌啤酒,只得和查理一起,强喝下几品脱,再晕晕乎乎地离开酒馆。因此,那天晚上我们回到家,我才会感到头晕目眩。我们打开门,只见莫莉坐在地板上,头靠着妈妈的腿,我恍惚觉得突然回到了大个儿乔失踪的那天。莫莉抬头看着我们,看得出她一直在哭,而这次是妈妈在安慰她。

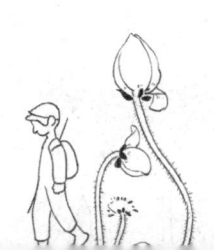

"怎么了?"查理问,"发生了什么事?"

"你这是明知故问,查理·皮斯弗,"妈妈说。听起来她见到我们一点也不高兴。一开始我怀疑她是看出我们喝酒了。接着我才注意到窗台下有一个皮箱,炉边爸爸常坐的椅子的靠背上搭着莫莉的外套。

"莫莉以后都住在这里了。"妈妈继续说,"他们把她赶了出来,查理。她的父母把她赶出家门,而这都是你的错。"

"不是的。"莫莉哭道,"别这么说。不是他的错。不是任何人的错。"她跑向查理,扑到他怀里。

"莫儿,发生了什么?"查理问,"怎么回事?"

莫莉靠在他的肩膀上,失控地摇着头哭泣。他看向妈妈。

"我告诉你怎么回事,查理,她有了你的孩子。"妈妈道,"他们给她打了包了衣服,就把她轰了出来,还让她永远不要回去。他们再也不想见到她了。她无处可去,查理。我告诉她,她是这个家的一员,她现在属于我们,想待多久就待多久。"

查理似乎过了很久才开口说话。我看到各种各样的情绪在他的脸上闪过:不解、困惑、愤怒,最后终于平静下来。他把莫莉从怀里拉开一点,用拇指揩去她的眼泪,目不转睛地看着她的眼睛。当他终于开口时,不是对莫莉,而是对妈妈。"妈妈,那些话不该由你来对莫儿说。"他缓缓地说道,语气还有些严厉,接着,他笑了出来,"这话应该是我说才对。那是我

们两个的孩子，我的孩子，莫儿是我的女人，所以应该由我来说。不过我还是很高兴你这样说。"

从那以后，莫莉比以前更像我们中的一员了。我开心不已，却也痛苦难当。想必莫莉和查理一定了解我的感受，但他们从来没有说破，我也没有。

不久后，他们在教堂举行了婚礼。教堂里空荡荡的，只有牧师和我们四个人，以及坐在后面的牧师的妻子。现在大家都知道莫莉有了孩子，正因为如此，牧师同意他们结婚，但条件是不许敲钟，也不许唱赞美诗。他匆匆地主持完了仪式，好像还要赶着去别的地方似的。之后也并没有什么婚宴，我们回家后只喝了茶，吃了一些水果蛋糕。

没过多久，妈妈收到了女狼人的一封信，信中说这段婚姻叫人蒙羞，她曾想过解雇莫莉，但最后决定不这么做，她认为莫莉虽然生性软弱，道德沦丧，但她还是觉得不能惩罚莫莉，因为她肯定查理的错要大得多，况且莫莉已经为自己的恶行受到了足够的惩罚。妈妈把信大声念给我们听，念完便揉成一团扔进火里。她说，那是它该去的地方。

我搬进了大个儿乔的房间，和他一起睡在他的床上，他个子很大，床又窄，我睡得很不舒服。他在睡梦中还大声地自言自语，不停地翻身。但是，每当夜里我辗转难眠时，这并不是最困扰我的。隔壁房间里睡着我在这个世界上最爱的两个人，

他们找到了彼此，却抛弃了我。有时，夜阑人静，我想到他们躺在彼此的怀里，我真想恨他们。但我不能。我只知道这个家不再有我的位置了，我最好离开，特别是离开他们两个。

我尽量不再单独和莫莉在一起，因为我不知道该对她说什么。出于同样的原因，我再也没有和查理在公爵酒馆喝酒。在农场，我尽量单独干活，以免靠近他，还自愿承担任何必须离开农场的搬运工作。考克斯先生见我这样，似乎非常满意。他总是打发我骑马或赶车去干这样那样的事：去商人那里采买饲料，运回土豆种块，或载着一头猪去集市卖掉。不管是什么，我都尽量拖延时间，考克斯先生似乎从来没有注意到。

但查理注意到了。他嘴上说我偷懒，心里却清楚我所做的一切都是为了避开他。我们彼此非常了解。我们从来没有争吵过，一次也没有。也许这是因为我们都不想伤害对方。我们都知道伤害已经够多了，若是雪上加霜，只会扩大我们之间的裂痕，而我们都不希望这样。

一天早晨，就在我在哈瑟利集市"偷懒"的时候，我第一次直面了战争，而在此之前，那场战争对我们所有人而言都显得虚幻而遥远，只出现在报纸和海报上。我刚把考克斯先生的两只老公羊卖了个好价钱，就听到一支乐队从大街上走来，一时间鼓声咚咚，军号轰鸣。集市里的人都跑去看热闹，我也去了。

我绕过街角，就看到了他们。乐队后面跟着的士兵一定有几十个，个个儿身着猩红色的制服，看起来器宇不凡。他们从我身边大步走过，胳膊整齐地摆动着，扣子和靴子闪闪发光，阳光照在他们的刺刀上，闪动着耀眼的光芒。他们跟着乐队一起唱："到蒂珀雷里长路漫漫，还有很长的路要走。"我记得我当时想，幸好大个儿乔不在，不然他一定会唱《柑橘与柠檬啊》。孩子们在他们身边跺脚，有的戴着纸帽子，有的肩上扛着木棍。还有妇女向士兵们撒花，大多是玫瑰，花瓣飘落在他们脚边。但其中一片落在一名士兵的外衣上，不知怎么就卡在了那里。他看见了，我留意到他笑了笑。

像其他人一样，我跟着他们在镇上转了一圈，来到了广场上。乐队演奏完《天佑吾王》，一名上士走上十字架所在的台阶。这是我第一次亲眼看见上士军官。英国国旗在他身后飘扬，他把手杖利落地夹在腋下，开始对我们讲话，我从未听过有人像他那样说话，他的声音听着有些刺耳，透着一股威严。

"女士们、先生们，我就不拐弯抹角了。"他说，"我不会告诉你，现在在法国的战况一切顺利，在我看来，这种无稽之谈已经太多了。我去过那里，我亲眼见过，所以我就直说了。战争不是野营，而是一场艰难的征程。没错，就是艰难的征程。关于这场战争，你只需要问自己一个问题。你愿意看到谁行进在你家乡的街道上？是我们，还是德国兵？拿定主意吧。记住

我的话，女士们、先生们，如果我们不在法国阻止他们，德国人就将出现在这里，出现在哈瑟利，你们的家门口。"

我能感觉到周围一片寂静。

"他们来到这里，烧毁你们的房子，杀害你们的孩子，是的，他们还会侵犯你们的女人。他们已经打败了勇敢的比利时，一口将那里吞并了。现在他们还占领了法国大片的土地。我在这里是为了告诉你们，除非我们以其人之道还治其人之身打败他们，否则他们也会把我们吞掉。"他的目光扫过我们，"你们愿意让德国兵来这里吗？愿意吗？"

"不！"人们喊道，我也跟着一起喊。

"那我们是不是该给他们点颜色瞧瞧？"

"没错！"我们异口同声地喊道。

上士点点头。"很好。很好。我们需要你们。"他把手杖一挥扫过人群，指着其中的男性，"你，你，还有你。"此时，他正直勾勾地看着我，盯着我的眼睛，"你也是，小伙子！"

在那一刻之前，我从没想过他说的话与我有任何关系。我觉得自己只是个旁观者——但现在不再是了。

"国王需要你，国家需要你，在法国英勇作战的小伙子们也需要你。"他的手指抚弄着干干净净的小胡子，脸上绽出了笑容，"小伙子们，你们还要记住一件事：所有的姑娘都喜欢军人。这一点我可以担保。"

人群中的女士们咯咯地笑了起来。上士又把手杖夹在腋下。"那么，哪个勇敢的小伙子第一个上来拿走国王的军饷呢？"

没人动，也没人说话。"谁带个头？现在就上来吧。别让我失望，伙计们。我要找的小伙子们得有一颗坚强勇敢的橡树之心，热爱国王和祖国，憎恨无恶不作的德国兵。"

就在这时，第一个人走上前去，他挥舞着帽子，挤过欢呼的人群。我立即就认出他是我的同学大块头吉米·帕森斯。自从他和家人搬离了村子，我有段时间没见过他了。他比我记忆中还要高大，脸和脖子更粗了，也更红了。此时，他摆出一副得意扬扬的样子，他以前在学校操场上就常常如此。在人群的怂恿下，又有几个人跟了上去。

突然有人狠狠地戳了一下我的后腰。是个没牙的老太太用弯曲的手指戳我。"上去呀，孩子。"她嘶哑着嗓子说，"去战斗吧。国家若有召唤，每个男人都有责任去战斗。这就是我要说的。上去呀！你不是胆小鬼吧？"

每个人似乎都在看我，催促我上去，见我有所犹豫，他们的目光里写满了责备。没牙的老太太又戳了我一下，还把我往前推。"你不是胆小鬼吧？你不是胆小鬼吧？"我没有逃跑，反正一开始没有。我只是侧身慢慢地从她身边走开，倒退着出了人群，盼着没人注意到我。但老太太注意到了。"懦夫！"她在我身后尖叫道，"胆小鬼！"然后，我才开始发足

狂奔。我慌慌张张地跑过空荡的大街,她的话还在我耳边回响。

我驾着马车离开集市时,听到乐队在广场上又开始了演奏,咚咚的鼓声在不断回响,召唤我回到国旗下。我满怀羞愧继续往前走。回农场的路上,没牙的老太太一直出现在我的脑海里,她和上士说的话不停地在我耳边回荡。我心想,那些男人穿着鲜艳的制服,看上去多么英俊,多么有男子气概,假如我加入军队,穿着猩红色的制服回家,莫莉一定会欣赏我,甚至爱上我,妈妈和大个儿乔也将为我骄傲。待到我返回农场解开马车套具之际,我已经下定了决心。我要去当兵,我要去法国,就像上士说的,给那些德国佬点儿颜色瞧瞧。我决定吃晚饭时向家人宣布这个消息。我已经迫不及待地想看看他们脸上的表情。

大家刚坐下,我就开口了。"今天早上,考克斯先生打发我去了哈瑟利的集市。"我说。

"像往常一样,你又偷懒了。"查理喝着汤咕哝说。

我没理他,继续说下去。"军队的人也在那里,妈妈,他们在征兵。吉米·帕森斯和很多其他人都入伍了。"

"又多了一帮蠢货。"查理说,"我是不会去的,永远都不会。我开枪打老鼠,是因为它可能咬我。我射杀兔子,是因为可以吃肉。我为什么要杀德国人?我又没见过他们。"

妈妈拿起我的勺子递给我。"快吃吧。"她说着,拍了拍我的胳膊,"别担心,小托,他们不能逼你去。反正你还太小。"

82

"我快十六了。"我说。

"得十七才行。"查理说,"不到年纪是不行的。他们不要小孩。"

于是我开始喝汤,没有再说什么。没能如愿在家人面前出风头,一开始我很失望,但那天晚上躺在床上,想到不用去打仗,我还是暗自松了口气。再说了,到我十七岁的时候,战争八成已经结束了。

几个星期后的一天,我和查理外出工作时,上校突然上门来拜访妈妈。直到晚上回到家,莫莉告诉我们,我们才知道这件事。我想一定有什么奇怪的事发生了,不然妈妈吃饭时也不会神情有异,看起来心事重重,一句话也不说。就连大个儿乔问她问题,她也不回答。饭后,莫莉起身说她想出去走走,并建议我和查理跟她一起去,我知道一定是出事了。我们三个已经很久没一起出门了。如果提议的是查理,我肯定拒绝。但莫莉总是让我难以抗拒。

就像以前我们想独处时常做的那样,我们去了小河边,当初我给他们做信使,就是在这里和莫莉碰面的。我和查理在河岸上分坐在她两边,她拉起我们的手,这才把事情经过说了一遍。

"我违背了对你们妈妈的承诺,"她说,"我很不想告诉你们这件事,但我不得不说。应该让你们知道发生了什么。早上

上校来了,他说他只是在履行他所谓的'爱国责任'。他告诉我们,战势对我们很不利,国家急需有人应召入伍。所以他认为,每一个在他的庄园里生活或工作的健全男性,所有能抽开身的人,都应该自愿参战,为国王和国家尽自己的一份力量。即便离了他们一段时间,庄园也能撑得下去。"我感到莫莉抓我的手抓得更紧了,她的声音有些颤抖。"上校说你得去,查理,不然他就不允许我们继续住在小屋里。你妈妈竭尽所能表达了抗议,但他听不进去,还发了脾气。他会把我们赶出去的,查理,你不去的话,他就不会再雇我和你妈妈了。"

"他不会那么做的,莫儿。他就是撂几句狠话而已。"查理说,"他不能那么做,不能。"

"他一定会的。"莫莉答,"他也有这个能力。你知道他可以的。上校想做什么,还有心情去做,就一定能做到。看看他是怎么对伯莎的吧。他是认真的,查理。"

"可上校答应过的。"我说,"他妻子去世前也答应过。她说她希望上校照顾好妈妈。上校说我们可以继续住在农舍里。妈妈告诉过我们的。"

"你妈妈也这么提醒了他。"莫莉答,"你知道他是怎么说的吗?他说,这从来就不是承诺,只是他妻子的愿望而已,而且不管怎么说,战争改变了一切。他不允许任何例外。查理必须入伍,不然我们这个月底就得搬出小屋。"

我们手牵着手坐在那里,莫莉的头靠在查理的肩膀上,夜幕笼罩下来。莫莉不时地小声抽泣,但我们谁也没有说话,也不需要说话。我们都明白如今已经无计可施,战争要把我们分开了,我们所有人的人生都将彻底改变。但在那一刻,我珍惜地握住莫莉的手,珍惜我们最后相聚的时光。

突然,查理打破了沉默。"还是跟你说实话吧,莫儿。"他说,"最近这件事一直困扰着我。别误会我的意思。我不想去。但我看过报纸上的那些名单……你知道的,就是伤亡名单。可怜哪,足有好几页。我在这里享受生活,他们却在那边拼命,这似乎有些说不过去。其实参军也不见得全是坏处,莫儿。我昨天看到本尼·科普斯通了。他回来休假,在酒馆里炫耀他的制服。他去比利时一年多了,还说没什么危险。'挺轻松的。'他是这么形容的。他说我们已经把德国人打得一蹶不振了。他估计,只要再来一次大战,他们就会夹着尾巴逃回柏林,那时我们所有的小伙子就都能回家了。"

他停顿了一下,吻了吻莫莉的额头。"不管怎么说,看来我都没有多少选择的余地,是不是,莫儿?"

"啊,查理,"莫莉小声说,"我不想让你去。"

"别担心,宝贝,"查理说,"运气好的话,我还赶得及在孩子出生时为他的健康干一杯。小托会照顾你的。到时候他就是家里的男子汉了,对吧,小托?我走后,上校那个愚蠢的老

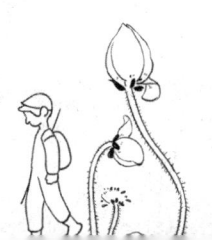

顽固再把臭脑袋伸进我们家门里，就开枪打那个混蛋，小托，就像他开枪打伯莎那样。"听得出来，他这话不只是开玩笑。

在我看来，我下面这番话并未经过深思熟虑。"我不要待在家里。"我告诉他们，"我要和你一起去，查理。"

于是他们想尽办法劝阻我，又是和我吵，又是吓唬我，但我不为所动，反正这次没有。查理说我年龄太小了。我说，再过两个星期，我就十六岁了，我跟他一样高，只要刮刮胡子，说话声音低沉点，别人肯定相信我有十七岁。莫莉说妈妈不会让我去的。我说我可以偷跑出去，反正她也不能把我关起来。

"你们俩都走了，谁来照顾我们呢？"莫莉开始央求我。

"莫莉，你希望我照顾谁呢？"我反问她，"照顾你和妈妈？你们在家，都能自己照顾自己。照顾大个儿乔？他总是把自己弄得一团糟，甚至在家里也不例外。"他们回答不出这个问题，便知道我赢了，我也知道自己赢了。我要和查理一起去打仗。现在没人能阻止我了。

我花了整整两年思考自己为什么一时冲动决定和查理一起走。最后，我想是因为我无法忍受和他分开。我们一直生活在一起，分享一切，包括对莫莉的爱。也许我只是不想让他独自去冒险。况且我心里也蠢蠢欲动。那些士兵穿着猩红色的制服，步伐稳健地走在哈瑟利的大街上，个个儿器宇轩昂，鼓声和军号响彻全城，那位上士发表的战斗召唤又是那么激动人心，点

燃了我心中的一团火焰。也许他唤醒了我内心的感情,而我从未意识到自己有这种感情,也肯定从未谈论过这种感情。我确实热爱我所熟悉的一切。我热爱我所了解的一切,而我所了解的是我的家人、莫莉,以及我从小到大所待的这片乡村。我不希望敌军士兵践踏我们的土地,闯入我的家乡。我要尽我所能阻止他们,保护我爱的人。我要和查理一起努力。但在内心深处,我很清楚,比起查理、祖国、军乐队或那个上士,广场上没牙的老妇对我的嘲笑带给我的冲击最大。"你不是胆小鬼吧?你不是胆小鬼吧?"

事实是,我不确定自己是不是胆小鬼,我需要找到答案。

我必须证明自己。我必须向自己证明自己。

两天后,在回避了妈妈的多次劝阻后,我们一起去了埃格斯福德枢纽站,我和查理要从那里赶火车前往埃克塞特。没人告诉大个儿乔我们是去打仗,只说我们要离开一段时间,很快就回来。我们没有告诉他真相,但也没对他说谎。妈妈和莫莉为了他的缘故强忍眼泪。我们也是。

"小托,替我照顾查理。"莫莉说,"也照顾好自己。"拥抱时,我能感觉到她隆起的肚子。

妈妈要我保证干干净净的,乖乖听话,要给家里写信,要活着回来。然后我和查理上了火车。这是我们有生以来第一次

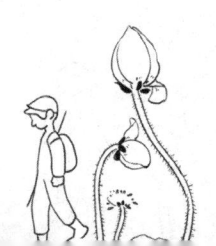

坐火车，我们把头探出车窗挥手，却突然被一团煤烟吞没，只好缩回身子。我们被呛得不停咳嗽。烟雾散去，我们再次向外望去，但已经看不到车站了。我们面对面坐了下来。

"谢谢你，小托。"查理说。

"为什么谢我？"我说。

"你知道的。"他答道，我们都朝窗外望去。没什么可说的了。一只苍鹭从河面飞了起来，在火车边上飞了一会儿，便转向远离我们，落在树的高处。火车疾驰而过，一群"红宝石"奶牛受了惊，尾巴高高翘起，四散开来。然后，我们进入了一条又长又黑的隧道，里面十分嘈杂，烟雾缭绕，什么都看不见。从那以后，我就好像一直都在这条隧道里一样。就这样，我和查理上了战场。这似乎都是很久以前的事了，仿佛发生在上辈子。

两点十四分

我一直在看时间。我本来保证不这么做的，但我控制不了自己。每次我都把手表放在耳朵上听嘀嗒声。那嘀嗒声还在，轻轻地切割掉了一秒、一分、一小时。它告诉我还有三小时四十六分钟。查理曾经告诉我，这块表永远不会停，永远不会让我失望，除非我忘了上发条。他说，这块表很棒，是世界上最好的表。但事实并非如此。要是表真有那么好，就不应该仅仅能计时，毕竟任何一块旧表都能做到这一点。一块真正的好表应该可以控制时间。表停了，也该让时间一同静止，那样这个夜晚就永远不会结束，早晨也永远不会到来。查理经常跟我说，在这里，我们是借日子活命。我不想再借日子了。我希望时间停止，明天永远不要到来，黎明永远不再降临。

我又举起表听了听，这块表是查理的，仍在嘀嗒响。不要听，小托。不要看，也不要想。只回忆就好了。

"站着别动！目视前方，皮斯弗，你这小个子真够笨的！""收腹，挺胸，皮斯弗。""趴在泥地上，皮斯弗，你属于那里，你这可恶的小虫子。趴下！""老天，皮斯弗，现在他们送来的，难道只能是这种货色？你就是害虫，可恶的害虫，我还得把你训练成一名战士。"

初到法国，我们被送到了埃塔普勒练兵场。在那里，在"恐怖教官"汉利中士狂吼出的所有姓氏中，"皮斯弗"出现的次数最多。当然，这里有两个姓皮斯弗的，这确实是原因之一，却不是主要原因。从一开始汉利中士就对查理怀恨在心。因为查理不像我们其他人那样对他百依百顺，也不像我们其他人那样怕他。

来到埃塔普勒之前，包括我和查理在内，我们所有人都过得很轻松，这也算是对我们军旅生涯的一次温和的洗礼。事实上，几个星期以来，我们一直无忧无虑，整天嘻嘻哈哈的。在去埃克塞特的火车上，查理说我们两个在别人眼里一定很像双胞胎，还要我从现在起必须谨慎行事，压低声音说话，表现得像个十七岁的少年。后来，我们来到团务站，站在征募官的面前，我尽可能挺直身体，查理替我回答问题，免得我的声音露馅儿。"我是查理·皮斯弗，他是托马斯·皮斯弗。我们是双胞胎，现在自愿入伍。"

"出生日期？"

"十月五日。"查理说。

"两个都是？"征募官问，好像还瞥了我一眼。

"当然。"查理撒起谎来不眨眼，"我只比他大一个钟头。"就是这样。太容易了。我们就这样加入了军队。

他们没有小号的靴子，发给我们的靴子又硬又大。于是，我、查理和其他人就像小丑一样只能重踏着走路，还是戴着钢盔、穿着卡其布军装的小丑。制服也不合身，我们只好私下互相交换，直到换到合身的为止。在数百名陌生人中，我们认出了一些来自家乡的熟悉面孔。比如尼珀·马丁，他是个小个子，长着两只招风耳，在他爸爸位于多尔顿的农场里种萝卜，这小子在公爵酒馆玩撞柱戏时总耍滑头。还有皮特·博维，他也住在多尔顿，是个做茅草屋顶的工匠，爱喝苹果酒，满脸通红，两只手像铁锹，我们经常在伊兹利的村子里看到他高高地站在某家的屋顶上敲打茅草顶。我们的同学小莱斯·詹姆斯是和我们一道来的，他爸爸是鲍勃·詹姆斯，在村里负责捕鼠，还是点疣师。他继承了爸爸整治老鼠和疣子的本事，还总声称自己能预知第二天是否下雨，十次倒有八九次预测得很准。他有只眼睛总在抽搐，上学那会儿，我经常忍不住盯着他瞧。

在索尔兹伯里平原的训练营里，我们住在一起，很快就混熟了，但彼此产生好感还是以后的事。我们也熟悉了自己的角

色，知道如何假装成一名士兵。我们学会了穿卡其色制服。我一直盼着能穿猩红色制服，却始终未能如愿。我们学会了熨出制服上的褶皱，熨平上面的折痕，还学会了补袜子、擦亮扣子、徽章和靴子。我们学会了整齐地走正步，在不撞到别人的情况下左右转弯，在看到军官时向右甩头敬礼。无论我们做什么，动作都必须整齐同步，偏偏小莱斯·詹姆斯做不到，不管中士们和下士们怎么吼他，他的手臂永远不能和我们同时摆动。他还同手同脚，自己倒是和自己同步了，就是不能与别人同步。他似乎并不介意他们经常对他大喊，骂他笨手笨脚。他这副样子，常常逗得我们哈哈大笑。最初那段日子，我们经常开怀大笑。

  他们给我们发了步枪、装备背包和战壕铲。我们学会了背着沉重的背包跑步上山，学会了射击。查理不需要别人教。在射击场上，他证明了自己无疑是连队中枪法最出色的，为此，他获颁了红色射手徽章，我真为他感到骄傲。他自己也很高兴。即使用上了刺刀，在我们眼里，这仍然是一场虚假的游戏。我们必须向前冲杀，对着用稻草填充的假人大喊我们知道的所有骂人的话，而我不太会骂人，反正那时还不会。刺刀要刺得没入刀柄，我们要一边刺，一边痛骂可恨的德国兵，在拔出刺刀之前还要把刀刃扭几下。"刺肚子，皮斯弗！别犹豫！刺呀！扭刀刃！拔出来！"

军队里做每件事都必须排行排列。我们睡在一长排的帐篷里，用的是排成排的厕所。我很快就了解到，就连上厕所也没有隐私可言。事实上，压根儿就没有什么地方是私密的。每天，我们时时刻刻生活在一起，干什么都要排队。我们一起排队刮胡子、领取食物、接受检查。即使是挖战壕，也必须成行挖掘，战壕要笔直，边缘也要笔直，还得挖得快，连队之间互相竞争。我们汗流浃背，腰酸背疼，手上永远生着水泡。"再快点！"下士们这样喊道，"再深点！你希望自己的脑袋被轰掉吗，皮斯弗？"

"不，下士。"

"你想屁股被炸飞吗，皮斯弗？"

"不，下士。"

"你想让你的蛋蛋被打飞吗，皮斯弗？"

"不，下士。"

"那就挖吧，你们这些懒惰的家伙，快挖，到时候打起仗来，在上帝的土地上，你能躲的地方只有战壕。炮弹飞过来，我告诉你，你永远只会希望你当初能挖得再深点。挖得越深，就能活得越久。我经历过，所以我很清楚。"

不管军官和军士们如何告诉我们堑壕战有多苦，有多危险，我们仍然相信自己就和穿着戏服的演员差不多，只是在进行彩排罢了。我们必须扮演好自己的角色，穿好自己的衣服，但最

终这只是一出戏。只要谈起打仗,我们便试图相信事实就是如此。但我们其实很少谈起战争。我想这是因为我们不敢,在内心深处我们都深知战争是怎么回事,我们都在发抖,在试图否认或掩饰,或者兼而有之。

我记得有一天早上,我们在山上操练,正仰面躺在阳光下,皮特突然坐了起来。"听到了吗?"他说,"是炮声,在法国那边,是真正的大炮。"我们都坐起来听。我们也听到了。有人说那是远处的雷声。但我们都听到了。我们看到彼此的眼中突然流露出了恐惧,大家很清楚那是什么。

然而当天下午,我们又重新开始扮演角色,全副武装地进行战争游戏,攻击远处被当成敌人的小树林。哨声一响,我们爬出战壕,插好刺刀向前走。然后,随着一声怒吼式的命令,我们脸朝下扑倒,在高高的草丛中爬行。身下的地面仍留有夏天的余温,地上还长着毛茛。那一刻,我想起了莫莉和查理,还有家乡河边草地上的毛茛。爬着爬着,一只蜜蜂飞了过来,在我前面飞来飞去,它已经携带着沉重的花粉,却仍然渴望采集更多。我记得我对它说:"小蜜蜂,我和你,我们两个很像呀。背包在你的身下,枪从你的屁股后伸出来。小蜜蜂,你和我太像了。"蜜蜂一定是被激怒了,不然也不会飞走。我趴在原地,用胳膊肘支撑起身体,看着它飞远,直到思绪被下士粗暴地打断。

"你以为你这是在干什么,皮斯弗?见鬼!你是在野餐吗?给我站起来!"

刚穿上制服的几个星期,我几乎没有时间想念任何人,甚至没时间想念莫莉,尽管我经常想起她、妈妈和大个儿乔。但是,他们只在我的脑海里一闪而过。我和查理很少谈起家,毕竟我们很少单独在一起。我们现在甚至已经不再诅咒上校了。这么做似乎失去了意义,再也没有用了。他的确做了一件可恨的事,但一切已成定局。我们现在成了军人,而到目前为止,情况还不错。事实上,尽管经常排队,经常忍受军官的咆哮,但我们过得还算无忧无虑,发自真心地感到快活。我和查理给家里写的信中充满了喜悦,他的大都写给莫莉,我的则大都写给妈妈和大个儿乔。若有愿意分享的片段,我们就大声念给对方听。在信里我们不能提及我们身在何地,也不能说起任何有关训练的事,但我们总能找到很多话题告诉他们,有很多事可以吹嘘,也有很多问题要问。我们告诉了他们真相,而真相就是我们过得很愉快,吃得好,心情也很舒畅,反正大多数时候的确如此。但是,当我们登上船前往法国的那一刻,美好的时光就结束了。小莱斯·詹姆斯说他嗅到了空气中弥漫着暴风雨的气息。像往常一样,他又说对了。

在到达法国之前,船上的人都被折腾了个半死。包括我和

查理在内，我们大多数人从未见过大海，更无从经历英吉利海峡翻腾汹涌的灰色海浪。我们像醉鬼一样在甲板上跌跌撞撞，只盼着能从痛苦中解脱出来。我和查理趴在船舷上哇哇大吐，有个水兵走到我们跟前，热情地拍了拍我们的后背说，要是我们感觉自己气息奄奄，不如到底舱和马待在一起，那样能舒服一些。于是，我和查理踉踉跄跄地走下舷梯，来到了最底层，四周都是受惊的马匹，不过它们似乎很高兴有人做伴。我们爬进去，蜷缩在稻草里，离蹄子很近，很可能被踩到，可我们晕得厉害，也顾不上这么多了。水兵说得对。在这里，船似乎不那么颠簸了，尽管油味和马粪味叫人窒息，但我们立刻就感觉好多了。

经过了非常漫长的一段时间，发动机终于停了下来，我们登上甲板，第一次眺望法国。有只法国海鸥在我头顶盘旋，带着深深的怀疑打量着我，看起来很像我在家乡见过的随着犁地的犁子飞的海鸥。我在下面的码头上听到的每个声音讲的都是英语，每件制服和每顶头盔都和我们的一模一样。我们走下跳板，呼吸着清晨新鲜的空气，只见一排排伤员沿着码头慢慢地向我们走来，有些人的眼睛上缠着绷带，只能扶着前面伤员的肩膀走，还有的躺在担架上。其中一个嘴唇苍白干裂，正吸着烟，用凹陷发黄的眼睛望着我。"祝你们好运，小伙子们。"我们经过时，他朝我们喊道，"给他们点颜色瞧瞧。"其余的人虽

然沉默不语，却一直瞪着眼睛瞧着我们列队出城，他们的眼神已经足够向我们每个人传达信息了。我们都明白，无忧无虑的嬉闹和演戏都结束了。从那一刻起，我们中没有一个人怀疑战争的危险。我们要在这里以命相搏，而我们当中的很多人将战死沙场。

即便我们当中还有人抱有最后一丝幻想，在第一眼看到埃塔普勒巨大的训练营时，这些幻想也立即就被驱散了。营地无边无际，一眼望不到边，犹如一座帐篷搭起的城市，目光所及之处都有士兵在操练，或是齐步走、跑步走、匍匐前进，或是迅速转身、敬礼、举枪致敬。我这辈子都没见过这么多人，也从未听过如此喧嚣的人声。空中回荡着咆哮的命令声和刺耳的脏话。就在那时，我们遇到了"恐怖教官"汉利中士，在接下来的几个星期，他成了我们苦难的根源，他下狠手折磨我们，想尽办法让我们苦不堪言。

从见到他的那一刻起，我们大多数人就害怕他。他个子不高，用一双钢铁般冷硬的眼睛直直地盯着我们，他咆哮的声音犹如长鞭，把我们吓得魂飞魄散。我们别无他法，只能屈服，听他吩咐，只有这样才能保住小命。他让我们背着石头跑步上山，趴在冰冷的泥浆里匍匐前进，我们——照做，还不能偷懒。我们心里清楚，但凡抗议、抱怨、顶嘴，甚至直视他的眼睛，都只会惹他发脾气，给自己招来更多的惩罚，遭更多的罪。我

们之所以知道，是因为我们见证了查理的遭遇。查理甚至连他的小笑话都不买账，这才惹祸上身。

那是一个星期天的早晨，去教堂做礼拜前，我们正在接受检阅，这时汉利中士发现查理的帽徽有问题，非说他戴歪了。汉利把脸凑到查理的脸前，朝他鼻子对鼻子地大吼起来。我站在查理后面一排，但即使在那里，我也能感觉到汉利的唾沫星子到处乱飞。"你知道自己是什么东西吗？你是上帝造物里的一个污点，皮斯弗。你是什么？"

查理想了一会儿，用清晰、坚定、毫无畏惧的声音回答："我很高兴来到这里，中士。"

汉利看起来很吃惊。我们都知道汉利想要怎样的答案。他又问了一遍。"你是上帝造物里的一个污点。你是什么？"

"我说过了，中士，我很高兴来到这里。"不管汉利问多少次，喊得多大声，查理偏偏不配合汉利玩这个游戏让他满意。就这样，查理被罚多加了几班岗哨，好几夜都没有睡觉。汉利从那以后一直怀恨在心，抓住一切机会找查理的麻烦，惩罚他。

连队里有些人一点都看不惯查理的所作所为，皮特就是其中之一。他说查理实在没有必要惹怒汉利，这样只会给其他人制造麻烦。我不得不说，我觉得他这话有些道理，尽管我没有告诉他，当然也没有告诉查理。汉利确实搞得我们连队苦不堪言，而很明显，这是因为他和查理有私仇。查理去招惹大黄蜂，

结果大黄蜂不仅蜇了他，还蜇了我们所有人。整个连队都把查理当成累赘，人人都当他是只会带来厄运的人。倒是没人当着查理的面说三道四，毕竟他们都非常喜欢和尊敬他，然而，皮特、小莱斯和尼珀·马丁悄悄地来找我，要我跟查理谈谈。我尽力提醒查理了。"他就像学校里的芒宁斯先生，查理。他自称是我们的主人，还记得吗？在这一亩三分地上，汉利就是我们的主人。你不能和他对着干。"

"但这并不表示我就得凑过去，让他打我的脸。"他说，"你看着吧，我不会有事的。你照顾好自己就行了。一定要小心提防。他在盯着你呢，小托，我早看出来了。"查理就是这样。本来是我提醒他，最后却倒过来，变成他提醒我。

哪怕是一点点小事，比如枪管脏了，汉利也会借机生事。现在回想起来，我确信汉利一定是故意这么做的，他只想激怒查理。现在大家都知道我是查理的弟弟，还差一年才到入伍年龄。我们早就不再假装是双胞胎了。遇到皮特、小莱斯和尼珀这些同乡后，我们就不得不全盘托出，而到此时，这已经不是什么要紧的事了。团里还有几十个人不到年纪，大家对此都心知肚明。毕竟，对军队而言，人越多越好。其他男孩子取笑我，说我的下巴像婴儿的屁股，不需要刮胡子（才不是这样），还说我的声音又尖又利。但他们都对查理有所顾忌。要是有人开玩笑过了火，查理投去一个眼神，就能让他们闭上嘴。他从不

护着我,但大家都知道他无论如何都站在我这边。

汉利的确讨厌,但他并不笨。他一定也意识到了,所以也开始找我的碴儿。我以前上学时因为芒宁斯先生在忍受这类事情方面积累了大量的经验,但"恐怖教官"汉利折磨起人来简直无人能及。他找了各种借口来找我的碴儿,惩罚我。由于额外的训练和放哨,我很快就累得筋疲力尽。我越累,犯的错就越多,而我犯的错越多,汉利对我的惩罚就越重。

一天早上,我们正在操练,站成三排立正站好,汉利突然一把夺走我的步枪。他朝枪管里面看了看,说了句"太脏了"。我很清楚他要怎么惩罚我,我们所有人都清楚:把步枪举过头顶,绕着阅兵场跑五圈。我才跑了两圈,就举不起来了。我的胳膊肘屈了起来,汉利朝我吼道:"枪只要垂下来,皮斯弗,你就重跑。再跑五圈,皮斯弗。"

我只觉得头昏脑涨,脚步开始踉跄,根本跑不动,甚至没法站直。我的背疼得火烧火燎的。我抽不出半点力气把步枪举过头顶。我记得我听到了一声叫喊,是查理,我还纳闷他为什么大叫,然后我就昏了过去。当我在帐篷里醒来时,他们给我讲了事情的经过。查理冲出队伍,朝汉利跑去,对他大喊。他并没有动手,但他和汉利面对面地站在那里,把自己对汉利的看法都说了出来。他们说查理真是棒极了,等他说完,所有人都欢呼起来。但是查理被抓到禁闭室去了。

第二天，大雨滂沱，整个营的人奉命列队，看着查理受罚。他被带了出来，绑在炮车的轮子上。这种惩罚有个名字，叫"一号战地惩罚"。指挥我们的准将高高坐在马上说，我们所有人都应该引以为戒，还说这次算是便宜了列兵皮斯弗，在战争时期抗命本该视同叛变。叛变会被处以死刑，由行刑队执行。查理两腿分开，双臂张开，被五花大绑着淋了一天的雨。我们从他身边走过时，查理朝我笑了笑。我也想对他笑笑，可我笑不出来，只有眼泪滚落。在我看来，他就像家乡伊兹利教堂里被钉在十字架上的耶稣。我想起了我们在主日学校常唱的圣歌《何等恩友慈仁救主》，我轻轻地唱了起来，好在行进中驱走眼泪。我记得我们在果园里埋大个儿乔的老鼠时，莫莉唱过这首歌，随着回忆涌现，我不由自主地改了歌词，把耶稣换成了查理。我们齐步走开时，我低声唱道："何等恩友慈仁查理。"

三点零一分

我睡着了，平白失去了宝贵的时间。我不清楚自己浪费了多少时间，但永远也无法挽回了。我现在应该可以抵抗睡意才对。当初在战壕里放哨，我就常常能把睡意击退，不过当时我冻得够呛，又很害怕，因而可以保持清醒。我渴望入睡，想飘进温暖的虚无之境。但坚持住，小托，一定要坚持住。只要过了今晚，你就可以飘然远去，长眠不醒，因为到时候一切都不再重要了。那就唱《柑橘与柠檬啊》吧。快呀。唱吧。像大个儿乔那样唱，一遍又一遍地唱。那样就不会睡着了。

柑橘与柠檬啊，圣克莱门茨的钟声说。
你欠我五个铜板，圣马丁的钟声说。
你什么时候还给我？老贝勒的钟声说。
等我发财了再说，肖迪奇的钟声说。

那是什么时候？斯特普尼的钟声说。
我自己也不知道，鲍尔的大钟说。
蜡烛点燃时，你该上床去睡觉，
当心刀斧齐落，将你的脑袋斩掉。

他们说我们马上就要开赴前线，我们听了，都松了一口气，盼着能永远离开埃塔普勒，再也不见汉利中士。我们离开法国，进军比利时，一路边走边唱。威尔克斯上尉喜欢我们唱歌。他说这有利于鼓舞士气，他也说对了。我们行军穿过被炮弹摧毁的村庄，经过战地医院，看见空棺材放在一边等着装人，尽管如此，我们还是越唱越高兴。威尔克斯上尉在家乡索尔兹伯里当过唱诗班指挥和老师，他很清楚自己在做什么。我们希望进入战壕后，他也能知道自己在做什么。很难相信他和"恐怖教官"汉利中士同属一支军队，站在同一边。我们从没遇到过对我们如此仁慈体贴的人。正如查理所说，"他对我们很好"，所以我们对他也很好。但尼珀·马丁除外，他一有机会就取笑上尉。尼珀就是这样一个人，有时有点刻薄。现在只有他还在没完没了地嘲笑我声音尖细。

"垂头丧气？不可以！那就让你们的声音响起，一起唱：垂头丧气？不可以。"于是我们开始唱歌，轻松的步伐中有了初春的气息。一曲终了，四周只剩下齐步走的声音，于是查理

唱起了《柑橘与柠檬啊》，听见他唱这首歌，我们都笑了，上尉也笑了。我也跟着一起唱，很快他们都跟着唱起来。当然，没人知道我们为什么唱这首歌。这是我和查理之间的秘密，我知道当我们唱歌的时候，他也像我一样想着大个儿乔，想着家人。

上尉说，我们要去的那片区域一直很太平，情况应该不会太糟。我们听了自然高兴，但说实话，我们并不在意。比起之前的经历，其他的一切不过是小巫见大巫。我们从一排重炮旁边经过，炮手们围坐在一张桌旁打牌。大炮悄无声息，炮筒直对敌人。我看向炮筒指的方向，但看不到敌人。到目前为止，我唯一见过的敌人只有一群衣衫褴褛的战俘，当时我们在行军，看到他们在树下避雨，灰色的制服上沾满了泥。有几个面带微笑，有一个甚至挥手喊道："你们好，英国大兵。"

"他在跟你说话呢。①"查理笑着说。于是我向他们挥手。除了脏一点，他们看起来和我们很像。

远处，两架飞机像秃鹫一样盘旋着。等它们飞近了一些，我才看清它们压根儿不是在盘旋，而是在互相追逐。可是距离依然很远，我看不出哪架是我们这边的。我们认定较小的那架是，便疯狂地为它欢呼。我突然想知道，那天降落在河边草地

---

① 此处德国战俘说的是"Hello, Tommy"，Tommy（汤米）是托马斯的昵称，也指"英国士兵"，所以查理才戏称德国战俘是在和小托说话。——译者注

上的黄色飞机的飞行员,会不会就在我方的飞机上。望着那两架在空中互相追逐的飞机,我仿佛尝到了他给我们的薄荷糖的味道。阳光刺眼,两架飞机消失在我的视线中,接着,较小的那架旋转着坠向地面,我们的欢呼戛然而止。

在休养营地,第一批家信被交到了我们手上。我和查理躺在帐篷里,一遍又一遍地读,最后几乎熟记于心。我们两个都收到了妈妈和莫莉的来信,大个儿乔在每封信的末尾都做了记号,他用拇指沾上墨水,印了个模糊的指印,还用铅笔用力地写了个大大的"乔"字。我们看见了,都忍不住发笑。我能想象他写字时鼻尖几乎碰到纸,舌头伸到牙齿中间的样子。妈妈在信里说上校府现在几乎成了军官医院,而女狼人更是大权在握。莫莉说,女狼人不再戴那顶黑色的旧帽子了,现在戴的是一顶镶着白色鸵鸟大羽毛的女士宽檐草帽,一直神气活现,面带微笑。莫莉还写道,她很想念我,她很好,只是有时有点想吐。她希望战争能尽快结束,这样我们就能团聚了。剩下的内容和她的签名被乔的手指印遮住,模糊不清了。

这天晚上我们获批可以离开营地,于是我们去了最近的村庄波佩林赫,人们都叫那里"波佩"。威尔克斯上尉说那里有家小酒馆,可以喝到英国以外最好的啤酒,吃到全世界最好的鸡蛋薯条。他说对了。我、皮特、尼珀、小莱斯和查理吃了鸡蛋薯条,喝了啤酒。我们就像骆驼一样,在偶然发现的绿洲里

把肚子填得满满的，毕竟这样的绿洲可能再也不会出现。

　　酒馆里有个女孩，一边收拾盘子一边对我笑。她是酒馆老板的女儿。老板穿着得体，身材圆滚滚的，总是乐呵呵的，像个没有胡子的圣诞老人。很难相信她是老板的女儿，因为她在各方面都和她爸爸不一样，非常娇弱，像个小精灵。尼珀注意到她在对我微笑，就说了句粗话。她听明白了，连忙走开了。但我不会忘记她的微笑，也不会忘记鸡蛋薯条和啤酒。我和查理一遍又一遍地为上校和女狼人干杯，祝愿他们历经千般苦，遭受万般罪，生一堆小怪物。酒足饭饱，我们摇摇晃晃地回到营地。这是我平生第一次喝得酩酊大醉，我为自己感到非常骄傲，最后，我倒在床上，感觉天旋地转，仿佛被拖进了一个令我望而生畏的黑暗深渊。我挣扎着理清思绪，想着波佩酒馆里的那个姑娘。但是，我想的是她，眼前浮现的却是莫莉的倩影。

　　一阵轰隆的炮声让我清醒过来。我们慢慢地走出帐篷，来到外面的夜色里。地平线上的天空一片明亮。不管火炮攻击的是敌是友，对方肯定都受到了重创。"那是伊普尔。"黑暗中上尉在我身边说。

　　"可怜的人哪，"另一个人说，"好在我们今晚不在那里。"

　　我们回到帐篷，蜷缩在毯子下，庆幸遇袭的不是我们，但我们每个人都知道总有一天会轮到我们，而那一天很快就会

降临。

第二天晚上,我们上了前线。这天晚上没有炮击,但步枪和机枪在我们前方噼里啪啦地响着,信号弹此起彼伏,不时照亮黑暗。我们知道我们离战壕很近了。脚下的路好像要把我们带进地下,最后路不再是路,变成了一条没有顶的隧道,一条交通壕。我们现在必须保持安静。一个字都不能说,连哼一声也不行。一旦德军的机枪手或迫击炮发现我们,我们就完了。于是我们强忍住骂声,在烂泥中跌跌跄跄地前进,还得抓着彼此才不会摔倒。一队士兵从相反方向走过来,从我们身边经过,他们黑色的眼睛看起来阴郁而疲倦。不需要问问题,亦不需要答案。他们那惴惴不安的眼神已然说明了一切。

我们终于找到了我们的防空壕,现在所有人都只想倒头大睡。这次行军走了很久,一路上我们被冻得够呛。我只想喝一杯香甜的热茶,躺下睡一觉,但我和查理被派去放哨。这是我第一次透过铁丝网望向无人区另一边的敌军战壕。他们告诉我们,那里距离我们的前线不到二百码,但我们看不到敌人,只能看到铁丝网。夜深了,四周一片寂静。一挺机枪突突射出子弹,我立刻蹲下。我本不必这么做,开枪的是我们的人。只是我已经吓得成了惊弓之鸟,反应迟钝而呆滞,有那么一会儿,双脚潮湿、手指冻僵带来的疼痛和不适竟也被恐惧驱散了。我感觉到查理就在我身边。"今晚这天气,正适合偷猎,小托。"

他低声说。我能在黑暗中看到他的微笑,我的恐惧立刻消失了。

就像上尉说的,这里的确太平。我每天都在等德国人炮击我们,但他没有。看来他们都忙着炮轰更靠近前线的伊普尔,无暇顾及我们,我并不感到内疚。我甚至开始希望他们的炸弹用光了。每次透过潜望镜,我都以为会看到大群模模糊糊的人影穿过无人区向我们攻来,但没有人来。我竟有些失望。偶尔可以听到狙击手的射击声,所以晚上在战壕里禁止吸烟。"除非你想被爆头。"上尉如是说。我们的炮兵隔一段时间就向他们的战壕里发射一两枚炮弹,他们也如法炮制。我们的炮弹有时还没飞到目标处就掉落了,但不管是敌人的炮弹还是我们的炮弹,都能把我们吓得浑身一激灵。一段时间之后,我们习以为常,才没那么在意了。

以前有一个由锡福斯苏格兰高地兵组成的连队在我们的战壕和防空壕待过,把里面弄得乱七八糟,因此,只要不需要在拂晓时进入备战状态、没有喝茶或睡觉,我们就得去清理他们留下的烂摊子。威尔克斯上尉——我们现在叫他"威尔基"——严令我们必须保持整洁。"因为有老鼠。"他这么说。我们很快就发现他又说对了。是我第一个发现老鼠的。我被派去加固一堵快要塌了的壕沟墙。一铲子进去,就挖出了一整窝老鼠。它们狂奔出来,从我的靴子上掠过。我惊恐地后退几步,抬起脚,想把它们踩死在泥里,可惜一只也没踩到。从

那以后，到处都能看到它们。幸好我们有小莱斯，他是专业捕鼠人，只要发现老鼠，无论白天或晚上都可以叫他，他一点也不介意。他开玩笑说，这让他感觉像在家里一样。他了解老鼠的习性，每次灭鼠都很起劲儿，他把老鼠们的尸体扔进无人区，还为此得意扬扬。过了一段时间，老鼠似乎知道小莱斯是个厉害的对手，便逃得无影无踪了。

我们平时还要面对一个大麻烦，那就是虱子，这就得我们亲自处理了——用点燃的烟头把它们一一烫掉。它们可以寄生在我们身上的任何地方，比如皮肤的皱褶和衣褶里。我们真盼着能洗个澡，把它们淹死，但最重要的是，我们想暖和起来，保持干燥。

最大的痛苦根源既不是老鼠，也不是虱子，而是无休止的大雨。雨水像小溪一样沿着壕沟的底部流过，把壕沟变成了充满淤泥的沟渠，臭气熏天，到处都是黏糊糊的泥浆，似乎想要抓住我们，把我们吸下去，淹没我们。自从来到这里，我的脚就没干过。我睡着的时候身上是湿的，醒来后身上还是湿的，寒气穿过湿透的衣服，侵入了我本就疼痛难忍的骨髓。唯有睡眠能带来真正的放松，睡眠，食物，天哪，我们是多么渴望这两样东西呀。黎明时分，威尔基沿着射击踏台在我们中间走来走去，在这里聊两句，在那里笑一笑，为我们打气，让我们坚持下去。他即便心有恐惧，也没有表现出来，而如果这就是勇

气的话，那我们已经开始了解一二了。

但要不是查理，我们也坚持不下去。是查理让我们团结在一起，化解我们的争吵（大伙儿吃住在一起，争吵越来越多，也越来越频繁），见我们垂头丧气，他还哄我们开心。他变成了所有人的大哥。查理曾直接与汉利中士抗衡，还经受过战地惩罚，无论遇到什么情形他都能保持微笑，连队里没有一个人不尊敬他。作为他的亲兄弟，我能感觉到自己活在他的阴影下，但无论过去还是现在，我都不觉得自己受到了坏影响，应该说，我生活在他的光芒中。

又在前线苦熬了几天，我们都渴望回休养营地舒舒服服地休息休息。可真回去了，我们又奉命忙这忙那，不得空闲。我们清理装备，上山下山来回行军，一次又一次地进行检查，一次又一次地进行防毒面具演练，此外就是没完没了地挖排水沟，以排走不停落下的雨水。好在我们收到了家里的来信，是莫莉和妈妈寄来的，她们还为我们织了羊毛围巾、手套和袜子。在路边的一个谷仓，我们一起在热气腾腾的大桶里洗了澡。最棒的是，我们在波佩的小酒馆享用了一顿鸡蛋薯条和啤酒。那个长着一双小鹿般眼睛的漂亮女孩就在那儿，但她并不经常注意到我，她的注意力不在我身上的时候，我就灌下更多的酒，来浇灭心里的失落。

我们又回到了战壕，在里面迎来了今年冬天的第一场雪。

雪刚一落下就结成了冰，泥浆冻得梆硬，这自然对我们有好处。只要不刮风，也冷不到哪里去，起码我们的脚可以保持干燥了。在我们的防区，枪炮声相对安静，到目前为止，我们的伤亡很少：一人被狙击手打伤，两人因肺炎住院，一人患了慢性战壕足。其实我们所有人都饱受战壕足之苦。从我们所听到和读到的信息来看，我们这片战区是最幸运的了。

威尔基说，司令部传来了命令，说我们必须派出巡逻队，看看敌军有哪些兵团进入了我们对面的战线，兵力如何，不过我们不明白为什么这么做，毕竟每天都有侦察飞机在巡逻。所以现在大多数晚上，我们都要选出四五个人组成一支巡逻队，进入无人区侦察。通常情况下都没什么发现。自然没人喜欢去，但到目前为止还没人受伤，出发之前还能领到双份朗姆酒，没有人不想要。

很快就轮到我了，这差事躲也躲不开。我不是特别担心。查理和我一起去，还有尼珀·马丁、小莱斯和皮特。查理说我们是"撞柱戏小分队"。这次由威尔基带队，我们都非常高兴。他说，我们必须完成其他巡逻队没有完成的任务，那就是抓个战俘回来问话。我们每个人都领到了双份朗姆酒，酒水下肚，我全身从脚后跟到头发丝立即暖和了过来。

"跟紧点，小托。"查理小声说。我们翻出战壕，爬过铁丝网，迂回前进，接着溜进了一个弹坑，在那里隐蔽不动，以防

有人听到动静。这会儿，能听见德国人的说笑声，还有留声机播放的音乐。我放哨时听到过这种声音，但听得不清楚。我们现在离得很近，非常近，我应该吓傻了才对。奇怪的是，我发现与其说我害怕，不如说我很兴奋。也许是朗姆酒在起作用。我感觉只是又来偷猎了而已，就是这样。情况如此危险，我不由得紧张起来。但我已经做好准备，一点也不害怕。

穿越无人区花了很长时间。我开始怀疑我们到底能不能找到敌军战壕。接着，他们的铁丝网便出现在了前面。我们从一个缝隙钻了过去，神不知鬼不觉地进入了对方的战壕。里面不像有人的样子，但我们知道这不太可能。说笑声和音乐声依然清晰可闻。我注意到这条壕沟比我们的深得多，也宽得多，构造更为坚固。我把步枪握得更紧，跟在查理后面沿着壕沟走，像其他人一样弯着腰。我们尽了力，却还是弄出了很大的动静。真搞不懂为什么没人听到我们来了。老天，他们的哨兵呢？我看见威尔基在前面挥动左轮手枪向我们示意。只见前方的一条防空壕里透出光亮，说话声和音乐声就是从那里传出来的。听起来里面至少有六个人。我们只需要一个战俘。我们怎么对付得了半打敌人呢？

就在这时，防空壕的幕帘掀开，光线倾泻进了战壕。一个士兵耸着肩膀穿上了外套，他身后的帘子合上了。只有他一个人，正是我们想要的。他好像没有立即看到我们，不过很快就

看到了。在那一刹那，那个德国人没有采取行动，我们也没有采取行动。双方只是站着，看着对方。他本可以乖乖就范，举手跟我们走。但他尖叫一声，转身穿过幕帘，返回了防空壕。我不知道是谁在他身后扔了一颗手榴弹，反正爆炸的冲击将我甩到了战壕壁上。我呆呆地坐在那里。防空壕里传来了尖叫声和枪声，接下来是一片寂静。音乐停了。

我进去的时候，只见小莱斯侧身躺在那里，头部中枪，一双眼睛盯着我，惊讶的神情定格在他的脸上。几个德国人横七竖八地躺在防空壕里，一动不动，死透了，只有一个例外。他光着身子站着，身上沾满鲜血，浑身颤抖。我也在发抖。他把双手举在空中，不停地呜咽。威尔基丢给他一件外套，皮特把他绑起来，赶他出了防空壕。我们慌慌张张地往回走，从战壕里爬出来，德国人还在呜咽。他已经吓破了胆。皮特大喊让他住口，但他越吼，对方就越害怕。我们跟着上尉穿过德军的铁丝网，开始发足狂奔。

有一段时间，我以为我们侥幸逃脱了，但突然升起了一颗照明弹，我们就这样暴露在了明亮的光线下。我仆倒在地上，把脸埋在雪里。敌人照明弹的光亮持续时间比我们的长，光也更明亮。我知道我们这下完了。我紧紧贴着地面，眼睛闭着。我暗自祈祷，心里念着莫莉。如果我死了，我希望她是我临终前最后想念的人。但不是她，我在为我的所作所为向爸爸道歉，

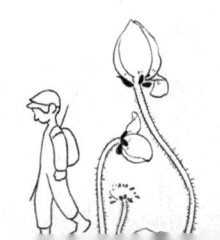

告诉他我不是故意的。一挺机枪在我们身后开火，步枪也响了。根本没有地方躲藏，只有装死这一个办法。我们等待着，直到照明弹的光亮变得暗淡，黑暗突然再度笼罩。威尔基扶我们起来，我们继续往前跑啊跑啊，脚下磕磕绊绊，跟着又有照明弹亮起，机枪手再次开火。我们潜入一个弹坑，从结冰的侧壁滚下，跌到了湿乎乎的底部。炮击开始了，看来我们惊醒了整支德国军队。我和德国俘虏、查理一起蜷缩在臭气熏天的水中，三个人紧紧地挤在一起，脑袋碰着脑袋，而炮弹纷纷落在我们周围。现在，我们这边的炮火开始还击，但这并不能给我们带来多少安慰。我和查理把德国战俘从水里拉出来。他嘟囔着什么，不过看不出是在自言自语还是在祈祷。

这时候，我们看到威尔基躺在斜坡的高处，距离弹坑边缘非常近。查理叫了他一声，他没有回应。查理走过去把他翻了个身。"我的腿。"我听到上尉低声说，"我的腿好像动不了了。"他在上面太暴露了，于是查理尽可能轻地把他拖下来。我们尽量让他舒服点。德国俘虏一直在大声祈祷。我现在敢肯定他是在祈祷。我听到他说的是"上帝呀"，他们说"上帝"这个词的发音和我们一样。皮特和尼珀正从弹坑的另一边向我们爬过来。至少我们又在一起了。大地颤抖着，每一次炮弹冲击，都有泥浆、石头和积雪砸向我们。但我最讨厌和最害怕的声音并不是爆炸声，毕竟爆炸是最后阶段，你要么被炸死，要么躲过

一劫。我最怕的是炮弹嗖嗖飞行时的尖啸声,你根本预料不到炮弹将落在哪里,会不会落在你身上。

然后,就像刚才突然开始一样,炮击突然停止了。四周陷入了沉寂。黑暗再次为我们提供了掩护。烟从我们上方飘过,向下飘进我们所在的弹坑,火药的臭气直冲鼻子。我们强忍住咳嗽。德国俘虏停止了祈祷,和衣蜷缩着,双手捂着耳朵躺着,像个孩子一样摇来晃去,和大个儿乔一样。

"我不行了。"威尔基对查理说,"现在由你来把他们和俘虏带回去,皮斯弗。你们走吧。"

"不,长官。"查理答,"要走一起走。对不对,伙计们?"

他这么说,也是这么办的。在清晨薄雾的掩护下,我们回到了自己的战壕,查理一路背着威尔基,直到担架手从战壕走过来接应。就在担架手把威尔基抬起来时,他抓住查理的手握着。"来医院看我,皮斯弗,"他说,"这是命令。"查理答应下来。

在有人来把战俘带走前,我们在防空壕里和他喝了一杯茶。他抽着皮特给他的烟,不再发抖,但他的眼睛里仍然充满了恐惧。直到他起身离开,我们才第一次交谈。"谢谢。"他用德语说,"非常感谢。"

"看着他一丝不挂地站在那里,感觉怪怪的。"他走后,尼珀说,"我们脱了制服,与他没有区别,是不是?就德国人而

言,那小子还不赖。"

那天晚上,我原本以为我脑海中会浮现的是小莱斯躺在德国人的防空壕里,头上有个血窟窿,但我没有。我想起的是我们带回的那个德国战俘。我甚至还不知道他的名字,然而,自从那天晚上和他一起躲在弹坑里后,不知怎么的,我觉得自己对他的了解比对小莱斯还深。

终于回到了休养营地,至少我们大多数人都回来了。我们很快就找到了威尔基住的医院,查理遵守承诺去看了他。那儿是一个大城堡般的地方,救护车来来往往,各处都有衣着洁净的护士在忙碌。"你们是谁?"服务台的勤务兵问。

"皮斯弗,"查理笑着说,他喜欢开这个玩笑,"我们两个都姓皮斯弗。"

勤务兵似乎并不觉得这好笑,但他一直在等我们。"你们谁是查理·皮斯弗?"

"我是。"查理说。

"威尔克斯上尉说过你会来。"勤务兵把手伸进服务台的抽屉,拿出一块手表,"这是他留给你的。"查理接过了手表。

"他在哪里?"查理问,"我们能见见他吗?"

"他回英国了。昨天走的。他的情况很不好,这里医治不了他。"

我们走下医院的台阶,查理把表戴在手腕上。

"是好的吗?"我问。

"当然。"他说,他把戴在手腕上的表给我看,"怎么样?"

"很不错。"我回答。

"这可不只是不错,小托。"查理说,"这块表很棒,简直是棒极了。这样吧,如果我出了什么事,它就是你的了,好吗?"

三点二十五分

那只老鼠又来了。它时走时停，还抬头看我，思考着是不是该逃走，以及我是敌是友。"Wee, sleekit, caw'rin tim'rous beastie[①]."这句诗有一半单词我都不知道是什么意思，但并不妨碍我会背整首诗。在学校那会儿，麦卡利斯特小姐让我们在彭斯纪念日那天站起来背诵这首诗。她说，在我们的脑海里永远记住至少一首伟大的苏格兰诗歌对我们有好处。这只老鼠虽然胆怯，但它并非来自苏格兰，而是一只比利时老鼠。不过我照样把诗给它背诵了一遍。它似乎听懂了，不然也不会礼貌地听着。我是用麦卡利斯特小姐那苏格兰口音背诵的，一个字都没错。我想麦卡利斯特小姐会为我感到骄傲的。可我才刚背完，老鼠就跑了，又只剩下我一个人了。

---

① 出自苏格兰诗人罗伯特·彭斯的诗，意为"光滑、畏缩、胆怯的小东西"。——译者注

之前他们问需不需要找人陪我，我拒绝了。我甚至把神父也打发走了。他们问我是否需要什么，他们能帮上什么忙，我说不必了。此时，我却盼着他们都在这里，哪怕是神父。我们可以一起唱歌。他们可以给我端来鸡蛋薯条。我们可以把自己灌醉，那样我就可以麻木地面对这一切了。但陪伴我的只有一只老鼠，一只已经消失了的比利时老鼠。

又一次我们奉命上前线，去的并不是以前那个"太平"的战区，而是进入了伊普尔的前沿阵地。几个月来德国人一直在猛攻伊普尔，想尽一切办法要拿下那个地方。有好几次，德国人差一点就攻了进去，在最后一刻才被逼退。然而，小镇周围的前沿阵地一直在收缩。通过在波佩那家小酒馆里听到的谈话，以及我们东面几英里处几乎从无间断的轰炸，我们都知道那里的情况有多糟。每个人都知道，德国人已经从三面将我们围住，监视我们，他们想往我们的战壕里扔什么就可以扔什么，而我们对此无能为力，只能默默忍受。

我们的新连长巴克兰中尉给我们讲了现在的战况，他说，一旦我们放弃，伊普尔就将失守，他还说伊普尔绝对不能丢。他并没有说为什么不能丢，毕竟他不是威尔基。威尔基走了，我们都感到非常失落。没有他，我们就像没有牧人的羊。巴克兰中尉尽了最大的努力，但他是从英国直接来的。他也许说得

很对，但他对这场战争的了解甚至比我们还少。尼珀说他太年轻，个子又小，应该待在学校里。的确，他看起来比我们都年轻，甚至还没我大。

那天晚上，我们行军穿过伊普尔，我搞不懂这地方到底哪里重要，值得为之一战。到目前为止，在我看来，这里已经不能称为城镇了，没有一个地方完好无损，到处是碎石和废墟，狗和猫比人还多。经过镇公所的废墟时，我们看到两匹死马躺在街上，血肉模糊。到处都是士兵、大炮和救护车在移动，急匆匆的。我们经过的时候，德国人没有炮击此地，但我还是像以前一样害怕。我无法把死马和它们身上骇人的伤口从脑海中抹去。它们的样子萦绕在我的心头，想必也萦绕在其他所有人的心头。我们没人唱歌，也没人说话。我只盼着到达新战壕躲起来，爬进我能找到的最深的防空壕藏起来。

可真到了战壕，我们不禁大失所望。威尔基要是见了，一定会大吃一惊。有些地方不过是破旧失修的浅沟，根本无法保护我们，此外，这里的烂泥比我以前见过的更深。到处都弥漫着一种令人作呕的甜腻恶臭，来源肯定不只有淤泥和死水。我很清楚是怎么回事，我们都清楚，但没人敢说出来。有消息说，从现在起，我们必须把头压低，不然很容易成为敌方狙击手的靶子。不过到了防空壕，我们至少感到了一些安慰。这是我见过的最好的防空壕，又深又暖和又干燥。但我睡不着。那天夜

120

里，我躺在那里，明白了一只受到追捕的狐狸躲在自己的巢穴却有只猎狗守在外面的感受。

第二天早上，我奉命进入战备状态，我戴着防毒面具，局限在自己的世界里，听着自己的呼吸声。无人区雾气弥漫，眼前是一片凄凉的荒地。这里没有田野和树木，连一片草叶也没有，只有烂泥和弹坑。铁丝网外散布着很多不自然的隆起。那是未被埋葬的尸体，有的穿着灰色的野战制服，有的穿着卡其色的制服。有具尸体躺在铁丝网之间，手臂朝天，手指着天空。他是我们的人，或者说，他生前是我们的人。我抬头看了看他所指的方向，那儿有几只鸟在唱歌。我看到一只目光炯炯的乌鸦在铁丝网上向世界歌唱，因为这里没有树可供它栖息。

小个子中尉说："睁大眼睛，小伙子们。保持头脑清醒。"这句话他常挂在嘴边，他总是让我们做我们早就在做的事。但除了乌鸦，无人区根本没有动静，这里不过是一片死亡坟场。

结束战备状态，我们返回防空壕，刚开始喝茶，敌人就展开了轰炸。这次轰炸持续了整整两天。这是我一生中最漫长的两天。我蜷缩着身体，我们每个人都蜷缩着，独自承受痛苦。爆炸持续不断，根本没法说话，也不能睡觉。我有时打个盹，就梦见那只指着天空的手是爸爸的手，便颤抖着醒来。尼珀·马丁也在哆嗦，皮特试图让他平静下来，却未能如愿。我有时像个婴儿似的号哭，连查理都无法安慰我。我们唯一的心

愿就是轰炸停止，大地不再颤动，四周安静下来。我知道，一旦轰炸结束，敌人就将攻来，我必须做好准备迎战，也许会有毒气或火焰喷射器，也许是手榴弹或刺刀。但我不在意他们用什么手段，他们只管来好了。我只想让轰炸停止，只想结束这一切。

后来，轰炸终于停了，我们奉命来到战壕内的射击踏台，戴上防毒面具，固定好刺刀，眼睛紧盯着从我们面前飘过的烟雾。然后，我们看到敌军从烟雾中走了出来，刺刀闪闪发光，一开始只有一两个，随即出现了成百上千个。查理在我旁边。

"你不会有事的，小托。"他说，"你不会有事的。"

他知道我在想什么。他看到了我的恐惧。他知道我想逃。

"看我怎么做，你就怎么做，好吗？待在我身边。"

我之所以留在原地，没有拔腿就跑，只是因为查理。整条战线都在开火，机枪和步枪突突作响，大炮轰鸣，我也在开枪。我没有瞄准，只是射击，射击，装弹，再射击。敌人依然没有停止进攻。有那么一会儿，好像子弹没有碰到他们。他们毫发无伤地向我们走来，犹如一支灰色幽灵大军，所向披靡。后来，当他们队形溃散，开始大声呼喊、纷纷倒下的时候，我才相信他们也会死。但他们很勇敢，没有丝毫犹豫。不管有多少人倒下了，剩下的人仍在向前推进。当他们到达我们的铁丝网时，我能看到他们的眼神里透着疯狂。是铁丝网阻拦了他们。不知

怎的，虽然经历了轰炸，还是有很多铁丝网未被损毁。只有少数敌人找到了缺口，不过他们还没到我们的战壕，就中弹倒地了。剩下的敌人并不多，他们已经转身跌跌撞撞地撤退了，其中一些还丢掉了步枪。我的内心涌起一股成就感，不仅因为我们赢了，还因为我和其他人站在一起，没有逃跑。

"你不是胆小鬼吧？"

不，老太太，我不是，我不是。

接着，哨声响起，我和其他人一起从铁丝网上的缝隙鱼贯而出，去追赶敌人。敌人的尸体倒在地上，一层摞着一层，很难不踩到。我不同情他们，但也不憎恨他们。他们是来杀我们的，我们只能将他们杀掉。我抬起头。我们在追击，他们则在逃跑。我们任意开火，将他们干掉。不知不觉中，我们已经越过无人区，还找到路穿过了他们的铁丝网，跳入他们的前线战壕。我就如同一个猎人，正在寻找我的猎物，我要把猎物杀死。但猎物早已经逃得无影无踪了，战壕里空无一人。

巴克兰中尉站在我们旁边的护墙上，大喊着要我们跟他走，说我们已经把敌军打得落花流水了。我跟了上去，大家都跟了上去。他并不像我们所想的那样是个胆小鬼。无论我看向哪里，右边还是左边，我都能看到我们的人在推进，而我是其中之一，并因此兴奋不已。但在我们面前，敌人似乎已经消失了。我不知道该怎么办，只好四处寻找查理，但到处都找不到他。这时

第一颗炮弹呼啸而来。我仆倒在泥里，它在我身后爆炸，瞬间震聋了我的耳朵。过了一会儿，我强迫自己抬起头去看。在我的前方，我军仍在前进，前方到处是步枪的曳光和机枪的喷射火光。有那么一会儿，我以为自己已经死了。四周无声无息，显得那么虚幻。一连串炮弹落在我周围，我却什么声音都听不见。就在我的面前，我们的人纷纷倒下，被炸得四分五裂，命殒当场。我看到有人在喊，但我听不到他们在喊什么。就好像我不存在，就好像这恐怖无法触及我。

　他们跌跌撞撞地朝我走来。查理不在其中。中尉抓住我，把我拉了起来。他朝我大喊大叫，扳过我的身体，把我推向战壕。我试着和其他人一起跑，试着跟上他们，但我的腿如同灌了铅，根本不听使唤。中尉和我在一起，催促我快跑，催促我们所有人快跑。他是个好人。他被击中时就在我旁边。他跪倒在地上，就那样死去了，眼睛却一直盯着我。我看着他眼中的光芒消失。我看着他的身体仆倒在地上。我不知道在那之后我是怎么回去的，但我确实回到了战壕。我发现自己蜷缩在防空壕里，而里面有一半空间是空的。查理不在，他还没有回来。

　至少此时我的听力恢复了，虽然我能听见的主要是脑子里的嗡嗡声。皮特带来了查理的消息。他说他确定看到查理拄着步枪当拐杖，一瘸一拐地从德军战壕往回撤退，但没有受重伤。这给了我一线希望，然而，随着时间的流逝，这点希望也消失

124

了。我躺在那里，细细回想着恐怖的经历。我看到中尉跪下去，脸上露出困惑的神情，似乎想告诉我什么。我看到很多人在无声地尖叫。为了驱走这些影像，我编了查理可能遇到的各种情况，让自己放心：他一定躲在某个弹坑里，等乌云遮住月亮，就会悄悄回来；他一定是迷了路，在前线的某个地方和另一个团在一起，天亮了就能找到路回来，毕竟这是常有的事……我的思绪转得飞快，就是不肯让我休息。没有轰炸打断我的联想。外面的世界已经安静下来。两支军队都筋疲力尽地躺在战壕里，流血至死。

直到第二天早上进入战备状态，我才确定查理不会回来了，我编的故事就只是故事而已。皮特、尼珀和其他人都试图让我相信他还活着。但我知道事实并非如此。我并不悲伤，我的心是麻木的，就像我紧握着步枪的手一样，没有任何感觉。我望着查理遇难的无人区。一具具尸体躺在铁丝网边，就像被狂风吹得堆在那里一样，我知道查理也在里面。我不知道该怎么写信告诉莫莉和妈妈。我能在脑海中听到妈妈的声音，听到她告诉大个儿乔查理回不来了，他去天堂和爸爸还有伯莎在一起了。大个儿乔会很伤心，他的身体又要摇来晃去，他会在树上悲伤地哼唱《柑橘与柠檬啊》。但用不了几天，他的信念便可以带给他安慰。他会全身心地相信查理在蓝色的天堂里，在教堂钟楼上方的某个地方。我真羡慕他。我甚至不能再假装相信上帝

慈悲，相信天堂的存在，毕竟我亲眼见证了人类对彼此的残忍。我只能相信自己生活在地狱之中，这里是人间地狱，创造这个炼狱的不是上帝，而是人类。

那天晚上，我像个梦游的人一样，起身去站岗。天空布满了星星。莫莉对星星很熟悉，能认得出北斗星、银河和北极星。那时我们一起去偷猎，她经常教我辨识星辰。我试着回忆，试着从数百万颗星星中找出它们，但失败了。我惊奇地抬头望着这无边无际的美丽星空，发现自己几乎再次相信天堂真的存在。我选了西边一颗明亮的星星，叫它查理星，在它旁边又选了一颗，当成是爸爸。他们一起俯视着我。我真希望自己在查理生前把爸爸的死因告诉了他，那样的话，我们之间就没有秘密了。我不该瞒着他的。于是我在心里默默地对他说了。我看见查理星在闪烁，向我眨了眨眼睛，我知道它已经理解了我的意思，并没有责怪我。接着，查理的声音在我的脑海里响起。"小托，放哨时可别走神，"他说，"你会睡着的。要是你睡着了，一定会被军法处置挨枪子儿的。"我睁大眼睛，使劲眨着，深深地吸了一大口凉气，让自己清醒。

过了一会儿，我看见有什么东西在铁丝网另一边移动。我留心听着，只是耳朵里仍然嗡嗡响，所以我不能确定，但我好像听到有人在说话，而那个声音并非来自我的脑海。那个声音很轻："嘿！有人吗？是我，查理·皮斯弗。D连的。我回来

了。不要开枪。"也许我是睡着了,正沉浸在一个我希望成真的美妙梦境中。但那声音又响了起来,这次大了一些:"你们这些人怎么了?都睡着了吗?我是查理,查理·皮斯弗。"

一个黑影从铁丝网下面移出来,走向我。不是梦,不是我编造的故事。是查理。我能看到他的脸,他也能看到我的脸。"小托,你这个瞌睡虫。帮我一把,好吗?"我一把抓住他,拉着他滚进了战壕。"见到你真高兴!"他说。我们拥抱在一起。我们以前好像从未拥抱过彼此。我哭了起来,试图掩饰却没有成功,我感到他也在哭。

"发生什么事了?"我问。

"我的脚中枪了,你敢相信吗?子弹射穿了我的靴子。我血流如注。撤退的时候,我在一个弹坑里昏了过去。等我醒来时你们都走了,丢下我一个人。我只好等到天黑,爬了一整夜才回来。"

"疼吗?"

"我什么也感觉不到。"查理说,"但是,我的另一只脚也没知觉了。我冻僵了。别担心,小托。我马上就好。"

那天晚上,他们用担架把查理抬到医院,几天后他们让我们撤离前线,我才再次见到他。我和皮特一有机会就去看望他。他从床上坐起来,满脸笑容。"这里很好。"他说,"你们要不要也来感受一下?一日三餐,有护士照顾,没有烂泥,离德国

人也很远。"

"你的脚怎么样了？"我问他。

"脚？什么脚？"他拍了拍自己的腿，"那可不是脚，小托。那是我回家的票。好心的德国人给我送了一件大礼，一张回英国的票。他们要送我回国内的医院治伤。他们说，我有点感染，骨折也很严重。我可以好起来，但需要动手术，术后得好好休息。所以他们明天就送我回去了。"

我知道自己应该为他感到高兴，我也想这么做，但我就是没法让自己这么想。我所能想到的就是我们两个是一起来参加这场战争的。我们应该同甘共苦，现在他却要打破我们之间的联系，把我抛弃。最糟糕的是，他要一个人回家了，还无比高兴，一点也不觉得羞耻。

"小托，我一定代你向他们问好。"他说，"皮特会替我关照你的。你会照顾他的，对吗，皮特？"

"我不需要别人照顾。"我厉声说。

但查理要么没听见，要么就是不想接我的话。"你盯好了他，让他乖乖的，皮特。波佩小酒馆里的那个姑娘看上他了，会把他生吞活剥的。"他们大笑起来，我却尴尬无比，我没有掩饰自己受到了伤害和心里的不快。"嘿，小托。"查理把手放在我的胳膊上，"我很快就会回来的。"现在，他第一次严肃起来，"我保证。"

"你很快就能见到莫莉和妈妈了吧？"我问。

"医院的人大可以阻止我。"他说，"我能想办法脱身，或者可以让她们来医院看我。运气好的话，我还能见到小宝宝。小托，还有不到一个月，我就要当爸爸了。你也要当叔叔了。想想看吧。"

但在查理动身回英国的那天晚上，我根本没想过这事。我去了波佩的小酒馆，用啤酒浇灭我的怒火。我要浇灭的不光是悲伤，还有愤怒。我气查理抛下了我，我气他要见到莫莉和家人了，而我却不能。我喝得烂醉，甚至想开小差去追他。我想去英吉利海峡找艘船，总归能回家的。

我环顾四周。那天晚上，这个地方肯定有一百多个士兵，皮特和尼珀·马丁都在，还有其他几个我认识的，但我还是感觉孤零零的。他们在笑，而我笑不出来。他们在唱歌，而我唱不出来。我甚至吃不下鸡蛋薯条。酒馆里热得令人窒息，空气中弥漫着浓浓的香烟烟雾。我几乎无法呼吸，于是我出去透气。我立刻就清醒了过来，立即就打消了开小差的念头。我会回营地去，这是更容易做出的选择，毕竟当逃兵要被枪毙。

"汤米？"

是她，酒馆里的女孩，她正在搬一箱酒瓶。

"你生病了吗？"她问我。

我说不出话，只得摇了摇头。我们站了一会儿，听着敌人

对伊普尔的连续炮击，炮声轰隆，小镇上方的天空被点亮了，如同绚烂的日落。照明弹在前线上空升起，盘旋，落下。

"真漂亮，"她说，"怎么可能这么漂亮呢？"

我想说话，但我不相信自己说得出来。泪水突然决堤，对家和莫莉的思念让我不能自已。

"你多大了？"她问。

"十六。"我咕哝着说。

"和我一样。"她说。我发现她更仔细地打量着我。"我以前好像见过你？"我点了点头。"也许我们还会再见面？"

"没错。"我说。她走了，再次留我孤零零地待在夜色中。我现在冷静多了，心平气和，也更坚强了。走回营地的路上，我下了决心。第二天我们要被送去训练，一回来，我就要直奔波佩的小酒馆，当那个女孩给我端来鸡蛋薯条时，我就鼓起勇气，问她叫什么名字。

两周后我回来了，我正是这么做的。"我叫安娜。"她告诉我。当我告诉她我叫小托时，她咯咯地笑了起来。"这么说是真的了。"她说，"每个英国来的士兵都叫汤米。"

"我不叫汤米，我叫小托[1]。"我答。

"都一样。"她笑着说，"但你不一样，我认为你和其他人

---

[1] 汤米（Tommy）和小托（Tommo）都是托马斯（Thomas）的昵称。——译者注

不一样。"

听说我在农场工作过,还养过马,她就把我带进马厩,给我看了她爸爸那匹拖货车的马。那匹马高大漂亮。我们一起拍它,结果我们两个的手碰到了一起。她吻了我,红唇拂过我的脸颊。月亮高挂在空中,我辞别她离开,顶着风沿路往营地走,高声唱起了《柑橘与柠檬啊》。

皮特在帐篷里愁眉苦脸地向我打招呼:"小托,听到我即将宣布的消息,你就高兴不起来了。"

"怎么了?"我问。

"新来的连长是埃塔普勒的'恐怖教官'汉利中士。"

从那时起,每天只要醒着,我们没有一分钟不在忍受汉利的折磨。他说我们被宠坏了,还骂我们太懒散,要好好训练我们,把我们练得有模有样。在他满意之前,我们不能离开营地。而他自然从未满意。就这样,我再也没能离开营地去见安娜。等我们返回前线,汉利也如影随形地跟去了,他的声音已经深深烙印在我们每个人的脑海里,化为了恶毒的吼声。我们每个人都像恨毒药一样恨他,对德国人的恨意都不如对他深。

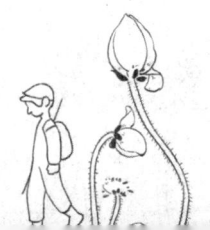

临近四点

天空虽然还是黑的,白天却已然拉开了序幕,黎明的微光尚未笼罩大地,但夜色肯定正在褪去。有只公鸡在打鸣,告诉我一些我已经知道但不愿相信的事:早晨很快就将来临。

在家里时的早晨,我通常和查理一起步行去上学,蹚过一堆堆秋叶,踩着水坑里的冰;还有些时候,莫莉我们三个人去上校的河里偷猎回来,穿过树林,蹲下来观察某只没察觉到我们的獾。而在这里,每天早晨醒来,我总是怀着同样的恐惧,知道自己将不得不再次面对死亡,以前死的或许是别人,但今天就可能轮到我,而这是我见到的最后一次日出,是我活在世上的最后一天。但今天早上的不同之处在于,我知道谁将迎来死亡,并将以怎样的方式死去。

从这个角度看,倒也不赖。从这个角度来看吧,小托。从这个角度来看。

我一直以为没有查理在我身边我会怅然若失，而事实是，如果不是这批直接从国内加入的新兵，我才可能怅然若失。我们是多么需要他们。到这个时候，我们原本的部队已经减员将近一半了，或是牺牲，或是受伤，还有的生病了。在新兵看来，我们这些留下来的人都是久经沙场的战士，是走过枪林弹雨的老兵，他们钦佩和尊敬我们，甚至还有点害怕我们。我虽然知道自己还很年轻，但觉得自己看上去已经不再年轻了。我、皮特和尼珀·马丁现在都是老兵了，我们的行为举止也像老兵一样，时而安慰新兵，时而用我们的经历吓他们，时而和他们交朋友，时而取笑他们。我想，我们相当符合他们给我们设定的角色，我们也乐在其中，尤其是皮特，他讲故事比我和尼珀更有创造力。这样一来，我沉浸在内心恐惧的时间就少了，只顾忙着假装自己是别人。

有一段时间，前线的生活非常安静。我们和德国人只是偶尔扔一颗小炮弹，或是夜间出去巡逻，用这样的方式激怒对方。在狭小的防空壕和战壕中，即使是汉利中士也无法使我们的生活比现在更悲惨，不过他仍然尽了最大的努力，没完没了地检查，不合格就惩罚。但是一连好几天，大炮都没有响过，春天的阳光灿烂无比，把我们的后背照得暖暖的，烂泥都晒干了。最棒的是，我们可以浑身干爽地睡觉，这是一种难得的享受，

说是奇迹也不为过。没错，还是有老鼠，虱子也一如既往地爱着我们，但与我们之前经历的一切相比，这简直就像野餐一样。

到这个时候，想必新兵们都开始认为，我们这些老兵把堑壕战讲得那么恐怖，其实有些夸大其词。在他们看来，无聊和汉利中士似乎是他们迄今为止不得不忍受的最糟糕的事情。我们确实夸大了一点，这自然不假，尤其是皮特。但在大多数情况下，皮特和我们其他人给他们讲的故事至少都是有些事实依据的。而包括皮特在内，我们没人能想象或编造出在那个五月最安静的早晨，在我们最意想不到的时候，有怎样的厄运降临在了我们头上。

黎明时分在战壕内的射击踏台进入战备状态本是很正常的事，到现在不过是例行公事，是一项烦人的任务。

我们知道，敌人大都在黎明展开攻击，但经过这么长时间，我们以为什么也不会发生了，而且，很长一段时间以来，确实什么也没有发生过。也许是蔚蓝的天空太美了，也许是纯粹出于无聊，反正我们放松了警惕。德国人似乎想先睡一觉，第二天再来找我们的麻烦，对我们而言，这也不赖。我们以为我们也可以睡觉了，结果睡着睡着，大家突然被惊醒。当时我正在防空壕里，刚开始动笔写家信。

我在给妈妈写信。我有段时间没写信了，对此很是内疚。

我的铅笔总断,只好再削一次。其他人要么躺在阳光下睡觉,要么坐着抽烟聊天。尼珀·马丁又在擦步枪,他在这一点上总是很讲究。

"毒气!有毒气!"

叫喊声响起,在整个战壕中回荡,大家一时都惊呆了。尽管我们已经多次训练过,但找起防毒面具还是笨手笨脚。

"上刺刀!"汉利大叫一声,而我们还在拼命戴防毒面具。我们拿起步枪,装上刺刀,趴在射击踏台上望向无人区,只见毒气朝着我们的方向滚滚而来,对这片可以置人于死地的可怕毒云,我们已经耳闻过很多次了,却从未亲眼见过。它那致命的卷须向前方搜寻着,一缕缕长长的黄色毒雾向前延伸,嗅着我,寻找我。毒气发现了我,转了个方向,径直朝我飘来。我戴着防毒面具大叫:"老天!老天!"毒气仍向我们飘过来,穿过我们的铁丝网,吞噬了它所经过的一切。

我又一次在脑海里听到了最后一次练习时教练的声音,看到他戴着面具对我大喊:"你慌了,皮斯弗。防毒面具就像上帝,小子。它能给你带来奇迹,你得相信它。"可我没法相信!我不相信奇迹。

现在毒气离我们只有几英尺之遥。眨眼间,毒气就将朝我扑来,把我包围,进入我的身体。我蹲下来,把脸埋在两膝之间,用双手抱住头盔,祈祷毒气从我的头顶飘过,从战壕顶部

飘过，去找别人，却未能如愿。毒气把我团团围住。我告诉自己不能呼吸，一定不能呼吸。透过黄色的毒雾，我看到战壕里已经飘满了毒气。它飘进了防空壕，扭曲着探进每个角落和缝隙里寻找我们。它想找到我们所有人，毒死我们所有人，一个不留。我还是不敢呼吸。我看到有人在跑，可他蹒跚两下，就跌倒在地了。我听到皮特在喊我，他抓住我，我们一起跑了起来。我现在得呼吸了。要是不喘气，我根本没法跑。戴着面具，我看不清路，不是绊倒，就是头撞在战壕壁上，撞得头昏眼花，差点儿晕过去。我的防毒面具掉了，我拉了一下面具，就着动作吸了一口气，意识到的时候已经来不及了。我的眼睛刺痛不已，肺在燃烧。我咳嗽，干呕，几近窒息。我不在乎自己跑到了哪里，只要能远离毒气就行。最后，我跑进了备用战壕，那里没有毒气。我总算活着出来了。我扯下面具，大口呼吸新鲜空气。接着，我趴在地上，开始哇哇大吐。待到最糟糕的时刻终于过去，我抬起头，双眼泪水横流，模模糊糊地看到一个戴着防毒面具的德国人站在我面前，他的步枪对准了我的脑袋。我没有枪。我的末日到了。我打起精神，但他没有开枪。他慢慢放下步枪。"走吧，小子。"他说着挥挥步枪，示意我离开，"走吧。英国大兵，快走。"

就这样，一个好心的无名德国人一时心血来潮放了我，我

136

捡回一条命,逃出生天了。回到我们的战地医院,我听说我们进行了反击,把德国人打退了,夺回了我们的前线战壕。但是,从我周围看到的情况来看,我们付出了惨重的代价。我和其他还能走路的伤员排着队去看医生。他给我清洗了眼睛,做了检查,还听了听我的胸部。我咳得很厉害,他却宣布我身体健康。"你很幸运,只吸入了一点。"他说。

我离开的时候,看到了一些没那么幸运的人。他们的尸体被放在阳光下,许多人我看着眼熟,以后却再也见不到了。他们生前是我的朋友,我们同吃同住,一起开玩笑,一起打牌,一起战斗。我找了找,没有找到皮特,我见到的最后一具尸体是尼珀·马丁。他一动不动地躺着,裤子上落着一只绿色的蚱蜢。那天晚上我回到休养营地,发现皮特独自一人在帐篷里。他抬头看着我,眼睛瞪得溜圆,好像见了鬼。我把尼珀·马丁的死讯告诉他,他的眼圈都红了。我们一边喝着热腾腾的甜茶,一边各自讲述自己是怎么逃出来的。

那时候毒气来袭,皮特像我和大多数人一样逃跑了,但他和其他一些人在备用战壕里重新集结,进行了反击。"我们还在这里,小托,我们还活着,"他说,"我想这就是最重要的。不幸的是,可恶的'恐怖教官'汉利也保住了小命。不过,我这里有个好消息给你。"他向我挥着几封信,"两封是你的,你这个幸运的家伙。我家里没人给我写信。我想这并不奇怪,他

们不识字。啊，我姐姐倒是会写字，可惜我们不说话了。这样吧，小托，你把你的信读给我听听，这样我就可以假装信也是写给我的了，可以吗？快点，小托，我等着听呢。"他仰面躺下，双手枕在头下，闭上了眼睛，看来我别无选择了。

那两封信我此时仍带在身边，它们是我收到的最后两封家信。我试着把其他的信也保留下来，但有些遗失了，另一些则常常被浸湿，导致里面的字迹无法辨认，只好丢掉。但我把这两封信悉心收藏，因为我爱的人都在里面。信用蜡纸包着，塞在我的口袋里，那里离我的心口很近。我把它们读了一遍又一遍，每次读都能从文字中听到他们的声音，看到他们写信时的神情。我现在又大声念了一遍，就像我第一次在帐篷里念给皮特听一样。我先看的是妈妈的信，便首先把里面的内容读了出来。

亲爱的儿子：

希望收到这封信时你一切安好。我有个好消息告诉你。上个星期一的清晨，莫莉生了一个男孩。这是一桩大喜事，你可以想象得到我们有多高兴。你也可以想象得到一个星期后，有人敲门，我去开门，竟然发现是你哥哥查理站在门廊里时，我们有多么惊讶，多么开心。他比我记忆中瘦多了，也沧桑多了，想必是在军中吃不好的缘故，于是我让他以后多吃点。查理说，

不管我们在报纸上看到了什么糟糕的报道，你们在比利时一直过得很愉快。我在村里遇到的每个人都问你好，连你的姑婆也不例外。她是第一个来看小宝宝的人。她说，虽然小宝宝很英俊，但她觉得他的耳朵很尖，这当然不是真的，莫莉听了很生气。你姑婆她为什么总说这么伤人的话？至于上校，如果我们相信他说的话，那他完全可以凭一己之力赢得这场战争。你爸爸对他的看法太对了。

村子里发生了很多变化，却没有一件是朝着好的方向发展的。村里又有很多年轻人去当兵了，剩下来耕种的人严重不足。树篱没人修剪，许多田地都休耕了。很遗憾，弗雷德·帕森斯和玛格丽特·帕森斯上个月收到了吉米再也不能回家的消息。他好像在法国因伤去世了。

但是，查理能回来一段时间，再加上孩子出生，我们都很高兴。查理告诉我们，很快又会有一场大战，那之后，我们就将赢得战争，到时候一切就会结束。但愿他是对的。亲爱的儿子，即使查理回家了，还有大个儿乔、莫莉和刚出生的小宝宝，家里的小房子看起来还是空荡荡的，因为你不在我们身边。赶快平安回家吧。

爱你的妈妈

大个儿乔的墨水指印儿像往常一样出现在信纸底部，旁边

还有他的名字，大大的字母又细又长，像蜘蛛网一样。

"是这样吗？过得很愉快？"皮特突然生气地说，"他为什么要对他们这么说？他为什么不讲讲这里的真实情况，说说这里乱成了一团，血流成河，一点希望也没有，成千上万的好人白白丢了性命，就这么不明不白地死了！要是我，就一定告诉他们。我有机会，一定和他们说。查理竟然说这种话，他应该为自己感到羞耻。今天死去的那些人，他们过得开心吗？开心吗？"我从没见过皮特这么生气。他向来爱开玩笑，总是装疯卖傻。他翻了个身，背对着我，再也没说话。

于是我自己读了下一封信。这封信大部分是查理写的。不像妈妈，他的信里有很多错误，还划掉了许多字，读起来难得多。

亲爱的列兵皮斯弗：

你也看到了，小托，我回家了。俗话说，迟到总比不到好。我现在是一个骄傲的爸爸，你是骄傲的叔叔。我从未见过这么英俊的小家伙，真希望你能见到他。不过你会看到的，但愿很快。莫莉说他甚至比他爸爸还帅，我很确定这不是真的。他睡觉时，大个儿乔就守在他身旁，就像过去对伯莎那样。大个儿乔担心我很快又要走了，而这是肯定的。他不明白。他怎么能明白呢？他不明白我们在哪里，我们在做什么。我不想告诉他，

也不想告诉任何人。

我出院后，想办法请了三天假，现在只剩下一天了，我要好好利用。最后，你应该知道我们都决定给小家伙起名叫小托。每次我们叫他的名字，我都觉得你就在我们身边，我们都希望你在。莫莉说她也想写几句，所以我就写到这里吧。打起精神来。

你哥哥查理，另一个列兵皮斯弗

亲爱的小托：

我写信是想告诉你，我已经给小小托讲了他叔叔的英勇事迹，我告诉他有一天，这场可怕的战争结束后，我们就将一家团聚了。他有着你的蓝眼睛、查理的黑头发和大个儿乔那灿烂的笑容。因为这一切，我对他的爱难以言表。

莫莉

我把这两封信放在身边，一遍又一遍地读，直到铭记于心。是它们支撑我走过了接下来的日子。我从里面读到了查理即将返回的希望，从里面汲取了阻止自己发疯的力量。

我们本以为汉利中士现在会放松对我们的要求，让我们休息一下再回前线，我们自然也是这样盼望的。但一个我们早该知道的事实很快就浮现了出来：这并不是他的本性。他说我们

让全团蒙羞，说我们在毒气来袭时表现得像一群懦夫，他还说，即便这是他做的最后一件事，他也要让我们长长骨气。就这样，从早到晚，不分白天和黑夜，汉利不停地折磨我们。检查、操练，然后接着检查。在他无情的逼迫下，我们无不充满绝望和疲惫。本·盖伊是一名新兵，来自埃克斯伯恩，他爸爸是一家客栈的老板。一天晚上，本在岗位上睡觉时被抓了个正着。就像查理以前经历过的，他也受到了"一号战地惩罚"。日复一日，无论天气如何，他都被绑在炮车的轮子上。就像查理在埃塔普勒一样，汉利中士甚至不许我们和他说话，更不许给他喝水。

　　那是我们经历过的最黑暗的日子。汉利中士把我们折磨得不成人样，战壕里的血雨腥风也比之不及。他抽尽了我们的意志，耗干了我们最后一点力气，摧毁了我们的希望。夜里躺在帐篷里，我不止一次地想到做逃兵，或是跑去波佩的小酒馆，让安娜把我藏起来，帮我想办法回英国。但到了早晨，我想做懦夫的勇气就都消失了。我每次留下，都是因为我太胆小，不敢逃走，因为我不能丢下皮特和其他人，到时候查理回来，我却不在了。我留下来，还因为莫莉说我很勇敢，还因为他们给小宝宝取了我的名字。我不能让她丢脸，也不能让小小托丢脸。

　　出乎我们意料的是，再次上前线前，我们居然得到了一个晚上的自由活动时间。我们全都直接去了波佩的小酒馆。大多

数人都是冲着啤酒和食物去的,我也很期待这两样东西,但当我们走进村子时,我意识到自己对安娜的惦念远远超过了鸡蛋薯条。但给我们端来啤酒的不是安娜,而是另一个我们从未见过的女孩。我环顾四周,却并未看到安娜在其他桌旁服务。在那个女孩给我们拿来鸡蛋薯条时,我询问安娜在哪里。她只是耸了耸肩,好像没听明白我的问题,但从她的神情,我看得出来她听懂了,也知道答案,只是不愿告诉我。因为皮特和查理这两个大嘴巴,我对安娜的爱慕在连队里已经不是什么秘密了,现在当我四处寻找她时,每个人都在无情地取笑我。我烦了,便把他们的嘲笑抛在后面,到外面去找她。

我先去了她以前带我去过的马厩,但里面是空的。天色渐渐暗下来,我沿农场小路经过鸡舍,想看看安娜是不是牵着马去田野了。有两只拴着的山羊在咩咩叫,却不见马,也不见安娜。这时我才想到回去,到酒馆后门看看。我鼓起勇气。酒馆里人声嘈杂,我得非常用力地敲门,才能叫人听见。门慢慢地打开了,她爸爸站在那里,不像我一直认识的那样衣冠楚楚、面带微笑,他只穿着背带衬衫,胡子也没刮,头发蓬乱不堪。他拿着一瓶酒,满脸醉意,见到我并不高兴。

"安娜呢?"我问,"安娜在吗?"

"不。"他回答,"安娜不在。安娜永远都不会在了。安娜死了。听到了吗,英国大兵?你们来这里,在我们的土地上打

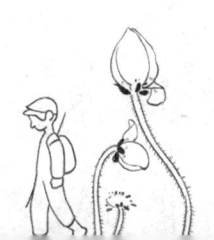

仗。为什么？告诉我呀。到底是为什么？"

"发生什么事了？"我问他。

"发生什么事了？我告诉你发生了什么。两天前我让安娜去取鸡蛋。她正沿路推着手推车回家，突然一颗炮弹飞来了，很大的炮弹，德国人打的。只有一颗，可一颗就够了。她今天下葬了。英国大兵，你想见我的安娜，就去墓地吧。然后你也可以下地狱了，你们所有人都给我下地狱，英国人，德国人，法国人，你以为我会在乎吗？带着你们的战争一起下地狱，你们会喜欢那里的。别来烦我了，英国大兵，让我一个人待会儿。"

门在我面前重重地关上了。

教堂墓地里有几座坟墓是最近立的，但我只发现了一座新墓，上面铺着鲜花。我与安娜不过说过几句笑话，我对她的了解，仅限于她眼中的光芒、我们两只手的轻轻碰触，还有那蜻蜓点水的一吻，但我的心仿佛被撕碎了，这种疼痛是我自孩提时代爸爸去世以来从未有过的。我抬头望着教堂的尖塔，它犹如一支黑箭，直指月亮和更高的苍穹，我愿意全心全意地相信安娜就在那无边无际的宇宙中的某个地方，在主日学校提到过的天堂里，在大个儿乔的幸福天堂中。但我无法强迫自己去相信。我知道她就躺在我脚边冰冷的泥土里。我跪下来吻了吻大地，便告别她离开了。月亮在我头顶高悬，跟在我身后，穿过

树林，照亮了我回营地的路。到了营地，我已经没有眼泪了。

第二天晚上，我们又和数百人一起向战壕进发，巩固防线。这只能说明一件事：我们料到敌人会发动攻击，情况非常危急。结果，德国人给了我们两三天的缓冲，暂时没有打过来。

不过查理回来了，他走进防空壕，好像只是离开了五分钟而已。"小托，下午好。各位，下午好。"他说着，脸上露出灿烂的笑容。查理的归来让我们又有了信心。汉利中士仍在背后盯着我们，一直在伺机而动。不过我们的冠军回来了，他是我们中唯一能与汉利抗衡的人。对我而言，他是我的守护者，我的兄弟，也是我最好的朋友。和其他人一样，我突然有了更多的安全感。

那次汉利中士和查理在战壕中狭路相逢，我也在场。"真是个惊喜，中士。"查理开心地大声说，"早就听说你来了。"

"我听说你一直在装病，皮斯弗。"汉利咆哮道，"我不喜欢装病的人。我盯着你呢，皮斯弗。你是个麻烦，一直都是。我警告你，哪怕越界一步……"

"别担心，中士，"查理说，"我会乖乖的。我对天起誓。"

中士微微一怔，随即露出怒不可遏的神情。

"天气真好啊，中士，"查理继续说，"你知道，英国本土一直在下雨，下得还不小呢。"汉利从他身边挤过去，一边走一边喃喃自语。这只是一次小小的胜利，不过看到的人无不从

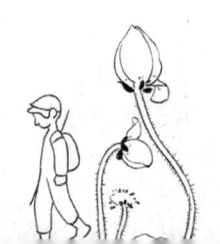

心底里乐开了花。

那天晚上，我和查理坐在忽明忽暗的灯光下喝茶，小声聊天。这还是他回来后我们第一次聊天。我问起家里的每个人，问题一个接着一个，但他似乎不愿多说。我不禁有些吃惊，甚至有点儿受伤，后来他看出了我的心思，向我解释了原因。

"我们就像在两个不同的世界里过着两种不同的生活，小托，我想保持这种状态。我不希望这二者混淆。我不愿意在家里提到恐怖教官汉利和炮弹。对我来说，反过来也是一样的。家是家，这里是这里。这很难解释，但小小托和莫莉，妈妈和大个儿乔，他们不属于这个鬼地方，对吧？要是聊起他们，就好像把他们带到了这里，而我不想这么做。明白吗，小托？"

于是我明白了。

我们听到炮弹飞来，从尖啸声就知道炮弹落在了附近，事实也的确如此。冲击波把我们都掀翻在地，灯随之熄灭，四周陷入一片黑暗，一股刺鼻的气味弥漫开来。这只是第一颗炮弹，后面还有成千上万颗。我军反击的炮声几乎是同时响起的，从那时起，这场极为重要的对战就在我们头顶上爆发了，几乎从未停歇，炮声隆隆，整日整夜无情地敲打着我们。每次炮声短暂停歇，都只会让情况变得更加残酷，毕竟在这样的时候，我们心里都会涌起一丝微弱的希望，盼着炮击终于要结束了，但过不了几分钟，希望又破灭了。

一开始，我们在防空壕里挤成一团，试着假装这一切没有发生，即便真有炮击，我们的防空壕也足够深，可以让我们平安度过。但在内心深处，我们都清楚，一旦被炮弹直接击中，我们的小命就葬送在这里了。我们清楚，并且接受，只是不愿意去想，当然也不愿意谈论。我们喝着茶，抽着忍冬牌香烟，有吃的就吃，毕竟食物不常有，尽我们所能过着正常的生活。

虽然看似不可能，但第二天的轰炸更猛烈了。德国人的每门重炮似乎都瞄准了我们这片防区。我一直控制自己不去害怕，但有那么一刻，我再也不能自已，恐惧突然铺天盖地袭来，我再也无法掩饰。我不由自主地在地上蜷成一团，尖叫着恳求炮击停下来。接着，我感觉到查理躺在我身边搂住我，保护着我，带给我安慰。他在我耳边轻轻地唱起了《柑橘与柠檬啊》，很快我就和他一起唱了起来，唱得很大声，不是尖叫，而是唱歌。在我们还没反应过来之前，整个防空壕的人都跟着我们一起唱起来。然而，炮击一直在继续，到最后，无论是查理还是《柑橘与柠檬啊》，都无法驱走包围我的恐惧，那种恐惧侵入了我的心，摧毁了我所剩的最后一丝勇气和镇静。现在，我有的只是恐惧。

敌军在珍珠色的晨光中展开了进攻，可他们尚未接近我们的铁丝网，就被打死了。是我们的机枪手在开火，像打倒成千上万个撞柱戏里的灰色小柱一样，把他们打倒在地，再也起不

来。我的手抖得厉害，甚至无法给步枪装子弹。后来敌人转身逃跑了，我们等待着哨声响起，好翻出战壕追击。见别人冲了出去，我也跟着冲了出去，恍恍惚惚地向前移动，仿佛灵魂出了窍。突然，我不由自主地跪倒在地，根本不知道是怎么回事。血从我的脸上流了下来，我的头突然一阵剧痛，我感觉脑袋肯定炸开了，自己仿佛正从梦中坠落到一个满是旋涡的黑暗世界里。我被召唤进入一个我从未到过的世界，那里温暖，舒适，包容一切。我知道自己即将死去，我欢迎死亡的降临。

四点五十五分

还有六十五分钟。我该如何度过这段时间？要不要睡一会儿？肯定想睡也睡不着。吃一顿丰盛的早餐？可我吃不下。大喊大叫一通？又有什么意义呢？做祷告？为什么祈祷？祈祷什么？为谁祈祷？又该向谁祈祷？

不。他们还是会按照既定计划进行。陆军元帅黑格就是这里的上帝,他已经签了字,同意了判决。他下令处死列兵皮斯弗:列兵皮斯弗临敌怯阵,于一九一六年六月二十五日清晨六点执行枪决。

行刑队的人现在应该在喝茶吃早饭了,他们对自己将要做的事充满厌恶。没人告诉我枪决地点在哪里。我不希望是在昏暗的监狱大院,四周尽是灰色的墙壁。但愿是个能看见天空、白云、绿树和飞鸟的地方。要是有鸟儿,可就好受多了。让这一切快点结束吧。请让这一切快点结束吧。

我惊醒过来，四周是机枪低沉的射击声，远处还有火炮声，大地在我周围颤抖。说来也怪，我还是松了一口气，毕竟这说明我肯定没有死。但我眼前一片漆黑，什么都看不见，我也没有惊慌失措，因为我立刻记起自己受伤了，脑袋依然在跳动着作痛。此时天肯定已经黑了，我受了伤，躺在无人区，仰望着漆黑的天空。但当我试着稍微移动脑袋，黑暗开始破碎，落在我身上，充满我的嘴、眼睛和耳朵。原来我看到的不是天空，而是大地。我的胸口贴着大地，我也渐渐地感觉到了它的重量。我的腿动不了，胳膊也动不了。只有手指还能动。过了很久，我才意识到自己是被活埋了，可惊慌却来得那么迅疾。他们一定以为我死了，就把我埋了，但我还有气。我没死！我尖叫起来，泥土立即填满了我的嘴，我马上就喘不过气了。我的手指乱抓，疯狂地抓着泥土，但我快要窒息了，再怎么抓也于事无补。我试着思考，告诉自己压下强烈的恐慌，让自己平静下来，试着静静地躺着，强迫自己用鼻子呼吸。但是没有空气可以呼吸。我想起了莫莉，于是我告诉自己一直想着她，直到断气为止。

我感到有只手放在了我的腿上。我的一只脚被人抓住，然后是另一只。我好像听到远处有声音，我知道那是查理。他在叫我坚持住。他们正在挖泥土，要把我救出去，他们拉住我，

把我拖到美妙的阳光下，拖进了美妙的空气里。我像喝水一样大口大口地吸着空气，呛了好几下，不停地咳嗽着，最后终于可以顺畅地呼吸了。

接下来我所知道的就是我坐在了一个看起来像水泥防空壕废墟的地方，里面满是筋疲力尽的人，都是我认识的面孔。皮特正走下台阶，他和我一样上气不接下气。查理把他水瓶里的最后几滴水倒在我脸上，想让我恢复神智。"我还以为我们失去你了，小托。"查理说，"把你埋在地下的那颗炮弹炸死了我们六个人。你真幸运。你头上的伤有点麻烦，小托，你躺着别动。你流了很多血。"我开始哆嗦，全身冰凉，我虚弱得像只小猫。

皮特蹲在我们身边，前额紧贴着他的枪。"外面简直乱了套。"他说，"我们一个个倒下，就像苍蝇一样，查理。他们把我们包围了，三面都是机枪。只要一冒头，就死定了。"

"这是什么地方？"我问。

"无人区，这里是德国人的一个旧防空壕。"皮特回答，"不能前进，也不能后退。"

"那我们最好在这里待一段时间。"查理说。

我抬起头，看见汉利中士站在我们边上，手里拿着步枪，对着我们狂吼起来："待在原地不动？待在原地不动？好好听我说，皮斯弗。这里发号施令的人是我。我说出去，就得出去。

明白了吗?"

查理直视着汉利中士的眼睛,公然表示蔑视,他并没有移开目光,就像他以前在学校被芒宁斯先生训斥时那样。

"只要我一声令下,我们就冲过去,一个也不能少。"中士继续对防空壕里的所有人说,"不许掉队,不许装病……我说的就是你,皮斯弗。我们接到的命令是压制敌人的进攻,守住阵地。这里离德军战壕只有五十码左右,很容易就能到达那里。"

我一直等到中士走远听不见我说话才开口。"查理,"我低声说,"我想我不行了。我连站都站不起来了。"

"没关系。"他说,脸上突然露出了笑容,"小托,你看起来一团糟。浑身都是血和泥,只有两只白色的小眼睛向外东张西望。别担心,无论发生什么,我们都在一起。我们一直都是这样,不是吗?"

中士在防空壕的缺口处等了一两分钟,外面的炮声停了。"没错。"他说,"就是现在。我们冲出去。每个人都把弹匣装满,再准备一些备用子弹。所有人,准备好了吗?站起来。我们走。"没有人动,大家面面相觑,犹豫着。"你们到底是怎么回事?站起来,该死的!站起来!"

查理开口了,他的声音非常小:"我认为他们的想法和我一样,中士。你现在带我们出去,他们的机枪立即就会把我们

打成筛子。他们看见我们进来了,就等着我们出去呢。他们不蠢。也许我们应该待在这里,天黑后再回去。跑出去白白送死是没有意义的,对吧,中士?"

"你在违抗我的命令吗,皮斯弗?"中士现在像个疯子一样咆哮着。

"不,我只是让你知道我的想法。"查理答,"我们都是这么想的。"

"皮斯弗,告诉你,如果你不跟我们一起冲出去,那你要受的惩罚就不再是战地惩罚了。你将被送上军事法庭,等着你的是行刑队。听到了吗,皮斯弗?听到了吗?"

"是的,中士。"查理说,"我听到了。但问题是,中士,就算我想去,也不能跟你去,因为那样我就得把小托丢下,而我绝不会这么做。如你所见,中士,他受了伤,连走路都成问题,更不用说跑了。我不会离开他的。我要陪着他。不用担心我们,中士,天黑了我们就回去。我们会没事的。"

"你这个小可怜虫,皮斯弗。"中士用枪指着查理,威胁他,刺刀离查理的鼻子只有几英寸。中士气得浑身发抖。"我现在就该毙了你,省得麻烦行刑队了。"有那么一瞬间,中士似乎真的要这么做,但他恢复了镇定,转过身去。"你们都给我站起来。听我的命令,冲出去。别搞错了,留下来的人都要上军事法庭。"

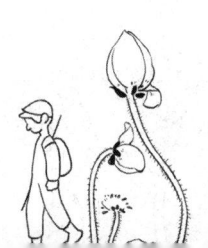

大家一个接一个不情愿地站了起来，每个人都以自己的方式做着准备，或是吸了最后一口烟，或是闭着眼睛默默祈祷。

"冲！冲！冲！"中士尖叫道，他们全都冲了出去，跃上防空壕的台阶，冲进了旷野当中。我听到德军的机枪又响了。皮特是最后一个离开防空壕的。他在台阶上停了下来，回头看着我们。"你应该来的，查理。"他说，"他是认真的。我向你保证，那混蛋说到做到。"

"我知道他说到做到。"查理说，"我也一样，祝你好运，皮特。尽量压低脑袋。"

皮特走了，防空壕里只剩下我们两个。不需要想象也能知道外面发生了什么。各种声音清晰可闻：尖叫声戛然而止，机枪发出致命的响声，步枪断断续续地射击，把我们的人一个个打倒。接着，外面安静了下来，我们等待着。我看着查理，只见他眼里含着泪水。"可怜的家伙们。"然后他又说，"我想我这次彻底完蛋了，小托。"

"也许中士回不来了。"我告诉他。

"但愿吧。"查理说，"但愿吧。"

这之后，我时而昏睡，时而清醒。每次醒来，我都看到又有一两个人回到了防空壕，却一直不见汉利中士。我依然抱着希望。等我再次醒来，发现自己躺在查理的怀中，头靠在他的肩膀上。

"小托？小托？醒了吗？"他说。

"醒了。"我说。

"听着，小托，我想了很久了。如果最坏的情况发生了……"

"不会的。"我打断他说。

"听我把话说完，小托。我要你答应我，你会替我照顾好一切。明白我的意思吗？你能答应我吗？"

"我答应你。"我说。

沉默了许久，他接着说："你还爱着她，是吗？你还爱莫儿吗？"我的沉默足以回答他的问题。他已经知道答案了。"很好。"查理说，"我还有件事要托付给你。"他从我身后抬起手臂，摘下手表，把它戴在我的手腕上。"给你了，小托。这块表棒极了。从未停过，一次也没有。可别弄丢了。"我不知道该说什么。"现在你可以继续睡了。"他说。

睡梦中，我又重温了童年的噩梦，爸爸的手指着我，我在梦中也向自己保证，这次醒来，一定要告诉查理多年前我在那片树林里做了什么。

我睁开眼睛，发现汉利中士也在防空壕，就坐在我们对面，正从头盔下阴沉地看着我们。我们等待其他人进来，等待夜幕降临，中士一直坐在那里，不管是对查理，还是对其他人，他都没说一句话，只是直勾勾地瞪着查理，眼里流露出冷酷的

恨意。

夜色笼罩下来，依然不见皮特的身影，其他十几个跟随中士一起出去参加那次失败的冲锋的士兵，也没有回来。中士觉得现在该回去了。

就这样，在漆黑的夜晚，连队的残部三三两两穿过无人地带，爬回了我们的战壕，查理一路半拖半抬，把我也带了回去。我躺在战壕底部的担架上，抬头看到有人把查理抓走了。一切都发生得太快了，根本来不及说再见。他走后，我才想起自己的梦和在梦里许下的承诺，但现在，这个承诺无法兑现了。

一连六个星期，我都没能见上他一面，到这个时候，军事法庭的审判已经结束了，他们下达了死刑判决，并得到了批准。我只知道这么多，其他人也只知道这么多。直到昨天，我才被允许去见他，这才了解到这段时间都发生了什么。他们把他关在沃克营。外面的卫兵说他很抱歉，但他只能给我二十分钟。这是命令，卫兵如是说。

查理被关的屋子原本是个马厩，里面还弥漫着一股马的气味。屋内摆着一张桌子和两把椅子，角落里有一个水桶，靠墙放着一张床。查理仰面躺在上面，双手枕在头下，双腿交叉。他一看到我就坐了起来，露出灿烂的笑容。"我早就盼着你来了，小托，但我也知道他们不会允许你来的。"他说，"你的头怎么样了？都好了吗？"

"全好了。"我告诉他,试着用同样乐观的情绪回答他。我们站在那里,拥抱在一起。我的泪水忍不住流了下来。

"我不想看到眼泪,小托。"他在我耳边低语,"即使没有眼泪,也已经够煎熬了。"他和我拉开一臂的距离,"明白吗?"

我能做的,只是点点头。

他收到了莫莉的一封信,他说必须把信读给我听,因为他看了信后哈哈大笑,而他需要笑声。信中的内容大都是关于小小托的。莫莉说小小托已经学会发咿咿声了,说得又响亮又粗鲁,和我们小时候一样。她还说,大个儿乔晚上唱歌哄小小托入睡,当然是唱《柑橘与柠檬啊》。她在信的最后诉说了自己的爱意,并祝愿我们一切安好。

"她不知道?"我问。

"不知道。"查理说,"他们不会知道的,等他们知道了,一切也都结束了。军队会给他们发一封电报,今天他们才允许我写信回家。"我们在桌旁坐下,这时他压低声音,我们开始小声地交谈。"小托,你会把真相告诉他们,对吗?我现在只关心这个。我不想让他们觉得我是个懦夫。我不想那样。我想让他们知道真相。"

"你没有告诉军事法庭真相吗?"我问他。

"当然告诉了。我尽力了,真尽力了,但他们充耳不闻,根本就不愿意听。他们只有一个证人,就是汉利中士,他们只

需要他这一个证人就够了。这根本算不上审判,小托。他们还没坐下就认定我有罪了。他们有三个人,一个准将和两个上尉,居高临下地看着我,好像我是什么卑贱的东西。我把一切都告诉他们了,小托,没有添油加醋。我没什么好羞愧的,不是吗?我没打算隐瞒什么。所以我告诉他们,是的,我确实没有服从中士的命令,因为这个命令很愚蠢,是去自杀,我们都知道是这样。况且我无论如何都必须留下来照顾你。他们知道有十几个甚至更多的人在冲锋中丧生,甚至没有人到达德军的铁丝网。他们知道我是对的,但这并不能改变什么。"

"证人呢?"我问他,"你应该找证人的。我可以去做证。我可以告诉他们的。"

"小托,我要求由你做证,但他们不接受你当证人,因为你是我弟弟。我要找皮特,但他们告诉我皮特失踪了。至于连队的其他人,我被告知他们被调到了另一个防区,如今在前线,不能来做证。所以,他们只听信了汉利中士的一面之词,相信了他所讲的一切,好像那是绝对的真理。我估摸部队要展开一场大战了,所以想要杀一儆百,小托,我就是他们要找的反面例子。"他说着大笑起来,"就是我。当然,我还有惹是生非的记录,按照汉利的话说,我是个'性格反叛,经常滋事'的人。还记得埃塔普勒吗?我当时被指控严重抗命,还受了'一号战地惩罚'。我的记录里都有。还有我的脚。"

"你的脚？"

"那次我的脚中枪了。他们说，所有脚部受伤的人都有嫌疑，可能是自己弄伤的，还说这种事时有发生。他们怀疑我是故意自伤，好离开战壕，返回英国。"

"但事实并非如此。"我说。

"当然不是。但他们只相信他们想相信的。"

"难道没有人为你说话吗？"我问他，"比如军官什么的。"

"我觉得我不需要。"查理告诉我，"只要告诉他们真相，查理，你就会没事的。我就是这么想的。我能有什么错呢？我觉得也许威尔基写封信证明我品行端正会有帮助。我肯定他们会听他的，他是军官，也是他们中的一员。我告诉了他们我认为他在哪里。我最后一次听说的消息是，他在苏格兰的某家医院。他们告诉我，他们给医院写了信，但他六个月前就因伤去世了。整个军事法庭花了不到一个小时审讯我，小托。他们就给了我这么点时间。一个钟头，就决定了一个人的生死。不是很长，对吧？你知道准将说了什么吗，小托？他说我是个没用的人，一无是处。我这一辈子，人们对我有过很多评价，小托，但没有哪个让我这么气愤。注意，我没有表现出来。我不会让他们称心如意的。接着，他宣判了。我早就料到了结果，并没有像我想象的那么心烦。"

我垂下头，因为我无法阻止泪水充满眼眶。

"小托，"他抬起我的下巴说，"往好的方面看。这和我们每天在战壕里面对的情况差不多。很快就会结束的。这里的人都挺照顾我，他们和我一样愤懑。一天能吃上三顿热乎饭，没理由抱怨了。一切已成定局，很快就结束了。要喝茶吗，小托？就在你来之前，他们给我送来了一些茶叶。"

于是我们坐在桌子两边，一起喝香甜的浓茶，聊起了查理想聊的一切：家，面包黄油布丁，上面有葡萄干和松脆的面包皮，月光下的夜晚在上校的河里钓鳟鱼，伯莎，在公爵酒馆喝啤酒，还有黄色的飞机和薄荷糖。

"我们不要谈大个儿乔、妈妈或莫儿，"查理说，"不然我会哭的，我向自己保证过不哭。"他突然非常认真地向前探身，紧紧抓住我的手，"说到承诺，你在防空壕对我有过承诺，小托。你不会忘记吧？你会照顾他们，对吗？"

"我保证。"我告诉他，我这辈子从来没有这么认真过。

"那块表你还戴着。"他说着，把我的袖子拉开，"为了我，要让它一直走着，到时候你把表传给小小托，那他就能有一样我的东西了。我喜欢这样。你会让他成为一个好爸爸，就像爸爸对我们那样。"

是时候了。我必须现在就做。这是最后的机会了。于是我讲了爸爸是怎么死的，讲了当时的情况，我都做过什么，我说我许多年前就该坦白，却一直没有勇气开口。他微微一笑：

"我一直都知道,小托。妈妈也知道。你经常说梦话,还总是做噩梦,吵得我睡不着觉。不要说这些了。不是你的错。害死爸爸的是那棵树,小托,不是你。"

"你确定?"我问他。

"确定。"他说,"非常确定。"

我们看着彼此,知道时间所剩无几。我在他眼里看到一丝惊慌。他从口袋里掏出几封信,把它们推到桌子对面。"小托,帮我交给他们,可以吗?"

我们隔着桌子握着手,前额贴在一起,闭上眼睛。我总算把一直想说的话说出来了。

"你并非一无是处,查理。他们才是一无是处的混蛋。你是我最好的朋友,是我认识的最好的人。"

我听到查理开始轻声哼歌。是《柑橘与柠檬啊》,有点走调。我和他一起哼,我们的手握得更紧了,我们的哼唱声现在更有力了。然后,我们大声唱了出来,让整个世界都能听到我们。我们边唱边笑,眼泪一直往下流,但这无关紧要,因为这不是悲伤的眼泪,而是庆祝的眼泪。唱完后,查理说:"这就是我明天早上要唱的歌。不是该死的《天佑吾王》,也不是什么见鬼的《万物有灵且美》。我要唱《柑橘与柠檬啊》,献给大个儿乔,献给我们所有人。"

卫兵走进来,告诉我们时间到了。我们像陌生人一样握了

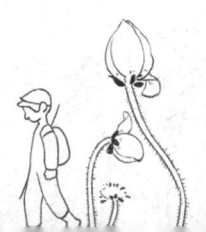

手，没有话可说了。我看了他最后一眼，希望能永远记住他此时的样子，然后我转身走了。

我昨天下午回到营地，原以为会看到大家的脸上充满同情和悲伤，还会看到多少天来我业已习惯的回避的眼神。然而，迎接我的是一张张笑脸，以及汉利中士身亡的消息。他们告诉我，他死于一场离奇的事故，被射程以外的一颗手榴弹炸死了。这么说，这世上到底还是有公道的，可惜对查理而言太迟了。但愿沃克营有人听说了这件事转告给他。这对他来说虽然只是小小的安慰，但也有意义。我所感到的喜悦，或者我们所有人所感到的喜悦，很快就变成了蒙着一层阴影的满足，随即彻底消失。好像全团的人都陷入了沉默，他们和我一样，脑袋里想的只有查理，他所遭受的不公正待遇，以及明天早上无可避免地会到来的枪决。

从上周开始，我们被安排住在一栋空农舍里，离关押查理的沃克营不到一英里，一直在等待进驻索姆河下游的战壕。我们住在钟形帐篷里，军官们住在房子里。其他人尽了他们最大的努力让我感觉轻松。无论是普通士兵还是军官，从他们的每一个眼神中，我都看得出他们对我深表同情。他们很善良，但我不想要也不需要他们的同情和帮助。我甚至不希望他们来陪我，那样只会叫我分心。我只想一个人待着。到了晚上，我拿了一盏灯，从帐篷里出来，到了这个干草仓，或者说干草仓的

残骸。他们给了我毯子和食物,让我一个人待着。他们理解我的心情。随军牧师来了,做了他所能做的。而事实是他什么也做不了。我把他打发走了。所以我现在在这里,夜晚过得如此之快,时钟嘀嗒着接近六点。等时间一到,我就将走到外面,仰望天空,因为我知道查理在被带走时也会做同样的事。我们将看到同一朵云,感受同一缕微风拂过脸颊。至少,这样我们又能在一起了。

五点五十九分

我试着不去想此刻发生在查理身上的事。我试着想象查理在家的样子，想象我们所有人在家里时的样子，但我的脑子里只有士兵押解查理上刑场的画面。他的脚步并不踉跄，他没有挣扎，也没有大哭大闹。他昂首阔步，就像那天在学校被芒宁斯先生鞭打后一样。也许有只云雀正飞入空中，也可能有只大乌鸦在他头顶上方乘风盘旋。行刑队稍息站定，等待着。他们有六个人，步枪上膛，准备就绪，每个人都只想快点结束。他们即将射杀的是自己的同袍，这让他们感觉自己是在谋杀。他们尽量不去看查理的脸。

查理被绑在柱子上。神父做了祷告，在他的额头上画了个十字，便走开了。天很冷，但查理并没有发抖。军官拔出左轮手枪，正在看表。他们想给查理戴上头套，但他不肯。他仰望天空，把最后的思念送回家中。

"时间到！准备！瞄准！"

查理闭上眼睛，一边等待，一边轻声歌唱："柑橘与柠檬啊，圣克莱门茨的钟声说。"我低声和他一起唱。步枪齐射，枪声回荡开来。完了。结束了。随着子弹齐射，我的一部分已随查理一起死去。我转身回到空无一人的干草仓里，却发现自己并不是独自悲伤。我看到整个营地的士兵都在帐篷外立正站着。鸟儿也在歌唱。

那天下午，我去沃克营收拾查理的遗物，还去看了他们埋葬他的地方，做这些事的时候，我也不是一个人。他会喜欢这个地方的。附近河边有一片草地，小河在树下缓缓地流淌。他们告诉我，查理走出来的时候脸上带着微笑，像是在清晨散步。他们告诉我，查理拒绝戴头套，临死前好像还在唱歌。我们六个那天在事发防空壕的人在他的墓前一直守到日落。临别之际，我们都说了同样的话。

"再见，查理。"

第二天，全团向索姆河进发。现在是六月底，他们说很快就将有一场大战，而我们要参与其中，到时候，我们会一路攻到柏林。我以前也听过这样的说法。我只知道自己必须活下去。因为我对别人有过承诺，必须说到做到。

后记

在 1914 年至 1918 年的第一次世界大战期间,超过二百九十名英国士兵和英联邦士兵被行刑队处决,其中一些是因为开小差和临阵怯敌,还有两人只是在岗位上打了瞌睡。

我们现在知道,他们中的许多人都患上了炮弹休克症,留下了精神创伤。当时军事法庭的审判时间很短,被告往往没有代理律师。

直到今天,他们所遭受的不公正待遇也未曾得到官方承认,英国政府仍然拒绝给予他们身后赦免。